b

COLLECTION FOLIO

Mehdi Charef

La maison d'Alexina

Mercure de France

Mehdi Charef est né en Algérie en 1952. Au début des années cinquante, son père part travailler en France comme terrassier, puis fait venir sa famille. Mehdi Charef grandit dans les cités de transit et les bidonvilles. Dès sa jeunesse, il travaille en usine. Son premier roman, paru en 1983, *Le thé au harem d'Archi Ahmed* (Folio nº 1958), a été porté à l'écran. Mehdi Charef est également l'auteur du *Harki de Meriem* (Folio nº 2310).

pour Latifa
pour Morjane et Nessim

On l'appelait la classe de rattrapage. Dès qu'un élève de l'école montrait des signes d'inadaptation et freinait l'élan appliqué de ses camarades, on le confiait à M. Raffin. À longueur d'année se succédaient ainsi en classe de rattrapage des enfants d'alcooliques, de prostituées, d'immigrés, ou de parents divorcés. Tout élève qui posait son cartable chez Raffin souffrait du même mal que ceux qui s'y trouvaient déjà. La douleur qui l'amenait là était le silence. Nous ne savions pourquoi ni comment nous en défaire. Le silence nous paralysait la langue et, soudain, les mots se mettaient à bégayer. Il régnait en nous, tel un sentiment douloureux qui flottait en permanence dans notre chair et nous empêchait d'être en paix avec nous-mêmes et avec les autres.

Elle est arrivée dans notre classe en octobre; le directeur de l'école l'accompagnait. Notre maître, M. Raffin, se leva d'un bond pour saluer l'entrée de son supérieur et, d'un geste droit et brusque de la tête, nous ordonna de l'imiter. Nous répondîmes comme des petits soldats. Le directeur posa une main paternelle sur l'épaule de l'élève :

« Jeunes gens, je vous présente Chemin Monique, votre nouvelle camarade de classe; comme elle sera la seule représentante du sexe faible, je vous prierai de prendre soin d'elle. »

Monique, le front baissé, fixait les pointes râpées de ses chaussures. Elle renifla deux fois et se frotta le nez avec la main. Le directeur exposa son cas à notre maître. Il lui parlait à voix basse dans le creux de l'oreille et tous deux dévisageaient la nouvelle élève avec des airs consternés en secouant la tête de désolation. Monique se tourna timidement vers le tableau noir en serrant contre elle son vieux cartable. Elle était tendue, son corps vibrait parfois d'un soubresaut vif et nerveux, comme quelqu'un qui a froid. Ses cheveux blonds étaient coupés court, plus court que ceux d'un garçon. Sur un tricot en grosse laine dont les manches cachaient ses mains, elle portait un blouson en skaï d'un bleu foncé, élimé aux poignets. Un fil blanc pendait de l'ourlet de sa jupe grise. Elle était chaussée de ces grosses godasses que la mairie donnait aux garçons des familles pauvres. J'avais les mêmes, avec une fermeture Éclair sur le cou-de-pied. Nous avions douze ans. Je n'étais en France que depuis cinq mois et j'apprenais à lire et à écrire. Je ne compris pas tout ce que le directeur nous dit avant de s'en aller. Je me souviens seulement qu'il nous enjoignit de travailler sérieusement, et d'être fiers de notre maître. Raffin rougit et la modestie lui fit baisser la tête. Après le départ du directeur, il indiqua sa place à Monique et lui dit de s'asseoir. Comme nous autres, elle serait seule à une table pour deux. Pas une fois elle ne s'intéressa à son entourage. Pâle, les bras croisés sur son cartable, elle semblait lire ce qui était écrit sur le tableau noir.

« Comment t'appelles-tu ? » lui demanda notre maître.

Surprise, Monique Chemin sursauta comme quelqu'un qui a peur. Raffin n'avait pas crié, il avait haussé le ton pour impressionner la nouvelle. J'avais sursauté aussi : le matin, les premiers mots de Raffin me surprenaient toujours ; j'avais l'impression qu'ils s'adressaient à moi. Monique était pétrifiée ; son regard vide, transparent, fixait l'estrade où notre maître se tenait. Une pensée terrible me passa par la tête : si ma camarade ne savait pas son nom, c'est qu'elle était folle. À l'idée que cette folie puisse m'atteindre aussi, et à jamais, je basculai dans l'angoisse. La peur qui fait bouillir le sang m'envahit tout entier et dilua mes pensées. Je me levai d'un bond.

« Abou, que se passe-t-il ? Je ne vous ai rien demandé ! » me dit Raffin.

Mes jambes flageolaient, ma bouche était sèche. Je me rassis sous le regard oblique du maître. Son attitude me calma immédiatement et éloigna de mon esprit une terrible envie de fuir.

Raffin tapa du pied sur l'estrade, mais reprit d'une voix adoucie :

« Es-tu muette, sourde ? Regarde-moi quand je te parle ! »

Elle leva les yeux vers lui sans bouger la tête. Je pus voir la paupière de son œil droit palpiter. Nous, les autres élèves, savions que le maître allait se mettre en colère. Ses crises nous terrifiaient. Selon son habitude, quand l'attitude d'un élève l'exaspérait, il se pinçait les cuisses avec le pouce et l'index de chaque main pour se calmer comme quelqu'un qui se mord les lèvres pour étouffer un fou rire. Parfois ça marchait ; les pincements douloureux avaient raison de ses nerfs ; Raffin, alors, retournait à son bureau et passait à autre chose. Monique Chemin, qui découvrait ce comportement, se redressa ; Raffin la fixait en se pinçant allégrement. L'adolescente était troublée. Elle chercha autour d'elle un soutien et son regard anxieux croisa le mien. Elle comprit aussitôt que j'étais transi de peur, cela se reflétait dans mes yeux, que je baissai rapidement. Mais Raffin se calma et se rassit. Il écarta quelques cahiers et posa ses mains jointes sur le bureau. Dans le silence pesant, sa respiration forte, tel un grognement, nous prévint que notre maître, cette fois-ci, n'allait pas abdiquer face à cette gamine qu'on venait de lui refiler. Monique, de nouveau, baissa le front. Excédé par cette attente, Raffin serra ses mains longues et osseuses, les leva au-dessus de sa tête, et cogna violemment sur le bureau.

« Comment t'appelles-tu ? »

Monique ne répondit pas. Elle semblait absente, paralysée. Raffin repoussa avec dépit le carnet scolaire que le directeur lui avait remis. Son intention était de la faire parler. Mal à l'aise, elle eut un nouveau haut-le-corps, qui la fit tressaillir sur sa chaise.

« Regarde-moi ! » lui dit le vieux maître.

Elle leva de grands yeux comme si elle s'éveillait d'un méchant rêve. Il se releva et cogna très fort sur le bureau en poussant un rugissement terrible, l'œil rouge derrière ses lunettes blanches. Alors Monique eut très peur et répondit enfin :

« Momo. »

Raffin se redressa, visiblement peu satisfait de cette réponse. Il reprit son souffle, ôta ses lunettes et frotta les verres avec la manche de sa blouse grise. Ses yeux brillant de colère et posés sur Monique disaient qu'il n'en avait pas fini avec elle. Il caressa la marque rouge de ses lunettes sur les ailes de son nez :

« Ce n'est pas ton surnom que je te demande, mais tes prénom et nom de famille. »

Il parut plus calme ou jouait à l'être, ce qui apaisa quelque peu l'élève, qui insista :

« On m'a toujours appelée Momo.

— Même à l'école ? dit Raffin.

— Non. Ceux qui ne m'appellent pas Momo, je ne les connais pas. »

Elle passa le dos de la main recouverte de la manche du gros tricot sous ses narines et renifla. Le vieux maître quitta son bureau, descendit de l'estrade et vint se planter devant elle.

« Sors tes affaires de ton cartable. »

Elle hésita, attendit, comme si elle dissimulait un secret. Raffin fit un pas vers elle. Intimidée par cette présence impressionnante, Monique glissa la main dans son cartable, sortit une règle, une gomme blanche élimée et les posa sur sa table.

« Tu n'as pas de plumier ? »

Elle répondit non en secouant la tête.

Notre maître attendit encore, les mains dans son dos :

« C'est tout ? »

Elle répondit oui en secouant la tête.

« Donne-moi ton cartable », fit Raffin.

Elle ne broncha pas. Brusquement Raffin saisit alors le cartable. C'était sans compter avec Monique, qui s'y accrocha. Notre maître tira de toutes ses forces mais la gamine résista. Il grimaçait sous l'effort et elle, de honte, au bord des larmes, cria :

« Non ! ne touchez pas à mon cartable ! »

Raffin le lâcha. Le silence retomba. Elle avait hurlé comme si on lui volait sa vie, cela avait touché notre maître. À reculons, il revint à son bureau, ému, comme s'il s'en voulait et fixa longuement Monique. Il était si grand que, sur l'estrade, sa tête dépassait le haut du tableau. C'était un vieil homme proche de la retraite, malade et souvent pris de quintes de toux. Chemin l'avait contrarié : on savait qu'il allait tousser. Il alla se réfugier au fond de la classe, prenant appui sur les tables au passage, un mouchoir à carreaux bleus roulé en boule contre sa bouche. Nous n'avons jamais su précisément ce qu'il faisait : il nous était interdit de nous retourner. On entendait seulement grincer la porte du placard métallique, puis le bruit du débouchage d'une bouteille, le choc du goulot sur le bord d'un verre tenu d'une main tremblante, les lapements d'une langue soulagée sur des lèvres humides, et notre maître reprenait son souffle. Nous, nous regardions le tableau. Dessus, en haut à gauche, était écrite la date du jour. Plus bas, souligné à la craie rouge, un titre en lettres majuscules annonçait la leçon. La leçon était soigneusement écrite, clairement développée, avec des sous-titres en bleu. Le tableau était bien rempli et instructif pour celui qui savait lire. Raffin s'activait chaque jour à le noircir. Une leçon le matin, une autre après le déjeuner. Il savait que nous n'y comprenions rien ou que nous ne voulions pas suivre son cours, et avait décelé notre apathie à l'école, dans sa classe. Il dit un jour qu'à nous cinq nous étions les retardataires de la « citrouille » les plus durs qu'il ait rencontrés dans sa carrière. Malgré tout, il continuait à écrire sur le tableau, pour faire croire à Monsieur le directeur, si celui-ci venait à passer, qu'il travaillait comme ses collègues et faisait sa classe avec zèle et application. Il se méfiait surtout du pion qui venait relever les absences chaque matin et pourrait s'étonner de voir un tableau vierge et propre. Alors, avant le passage quotidien du surveillant dont il guettait les pas dans le couloir austère, Raffin blanchissait le tableau de textes et de formules et s'adressait à nous, dès qu'il faisait irruption dans la classe, d'une voix claire et chaleureuse comme si nous étions tout à fait comme les autres.

Nous étions cinq élèves, Pierre, Ariel, Jean, Monique et moi. Le plus grand d'entre nous, Pierre, avait quatorze ans. Maigre, long, un épi blond et rebelle sur le front, il était aussi le plus silencieux, et passait son temps à fuir le regard du maître en se dissimulant derrière le dos de Jean. Lorsque Raffin passait près de Pierre, instinctivement celui-ci se recroquevillait sur sa table et se protégeait la tête avec les bras. Bien qu'il n'ait jamais battu un élève de sa vie, notre maître n'était pas surpris par sa réaction. Pierre était en rattrapage depuis deux ans, ce qui faisait dire à Raffin, qui l'aimait bien :

« Tu es comme ton bon et vieux maître, un bon à rien ! N'est-ce pas, mon petit Pierre ? »

Et, les mains dans le dos, penché sur l'élève, il ajoutait :

« Retire tes mains de ta tête, je ne vais pas te battre ! Si tu ne fais pas d'efforts, si tu ne laisses personne s'occuper de toi, tu m'accompagneras jusqu'à la retraite. »

C'était souvent après avoir fait plusieurs allers et retours jusqu'à son placard au fond de la classe que notre maître tenait ces propos tristes et taquinait Pierre.

Ariel était le plus petit. Petites jambes, petits bras, une petite tête coiffée d'une kippa. Il avait douze ans, comme Monique, Jean et moi. Il dissimulait ses mains tremblantes dans les manches de sa veste. Le matin, il saluait d'un regard fuyant ceux qui le croisaient et se dépêchait d'aller retrouver Jean dans un coin de la cour de récréation. Jean était son camarade. Il n'y avait qu'ensemble que ces deux-là communiquaient normalement, sans gêne, sans retenue. Ils jouaient aux billes ou aux cartes, et ne gâchaient pas une minute de ces moments de détente. Ils aimaient courir et, parfois, dans leur élan, l'un d'eux bousculait Monique. Elle ne bronchait pas et les regardait s'éloigner en riant. Monique était toujours à la même place dans la cour, sous le préau, où elle retrouvait une fille de son âge qui s'appelait Georgia. Elles étaient comme deux sœurs, peu d'argent de poche, un maigre goûter, portant des habits tristes que leurs parents obtenaient en allant mendier auprès du bureau d'aide sociale de la mairie. Leurs vêtements étaient souvent trop grands pour elles, ou trop justes, élimés et démodés à côté de ceux que portaient les filles d'un milieu plus favorisé, dont Monique préférait se tenir à l'écart, sous le préau.

Je passais toutes mes récréations avec Pierre. Il

me chantait des chansons de son artiste préféré, dont il savait imiter le geste et la voix, en serrant un semblant de micro dans sa main. Devenir chanteur, c'était son rêve. En riant, il marquait le rythme avec ses pieds, il n'était plus celui qui courbait l'échine, il chantait. À la sonnerie, nous nous alignions à l'emplacement réservé à notre classe et attendions que notre maître vienne nous chercher. Dans l'immense rectangle que formait la cour, notre place était à l'écart contre la grille d'enceinte, face au bâtiment qui abritait les salles de classe. Un long couloir vide séparait les autres classes de la nôtre. Pierre, Monique, Jean, Ariel et moi nous tenions sagement l'un derrière l'autre, mains dans le dos comme des élèves qui ont bien retenu la leçon du maître. Le silence requis avant l'entrée en classe retombait peu à peu. Chaque classe attendait son instituteur. Nous, la classe de rattrapage, avions toujours hâte à ce moment-là que Raffin vienne nous chercher, nous trépignions car ce silence, nous le savions, annonçait les humiliations ; nous baissions la tête et détournions nos regards. Mais déjà nous atteignaient les rires et les grimaces :

« Ohé, les singes ! »

Les singes, c'étaient nous, la classe de rattrapage. Le front bas et tourné vers la grille, nous savions que tous nous montraient du doigt. Nous ne les regardions pas ; nous ne les regardions jamais. Nous contenions notre honte en fixant le grillage. Les voix moqueuses s'élevaient en chœur :

« Les barjots, au zoo ; les zinzins, chez Raffin ! »

Garçons et filles sifflaient, criaient dans notre direction, hilares et joyeux, pour se défouler. Lorsque notre maître tardait à venir, certaines classes quittaient leur rang et venaient à nous en criant très fort. Ils singeaient les fous, les sauvages, dansaient en cadence, se roulaient par terre. Aucun de nous cinq ne répondait aux insultes, aux quolibets. Parfois l'un de nous tendait le cou vers le préau dans l'espoir de voir apparaître notre maître, qu'il vienne nous libérer de cette honte. Mais on savait qu'il ne viendrait pas, qu'il avait honte aussi, de nous, de lui. Si par malheur il surgissait pour nous venir en aide, c'était à lui que s'en prenaient les classes encore présentes :

« Raffin roi des fous, Raffin chef du zoo ! »

Notre maître se terrait quelque part en attendant que ses collègues imposent le silence dans les rangs et récupèrent leurs classes respectives. Les moqueurs partis, nous restions seuls dans la cour immense. On pouvait enfin redresser la tête, desserrer les poings dans nos poches. Le maître arrivait, le sourire forcé, comme si de rien n'était :

« Vous avez été sages ? » nous lançait-il.

Sans attendre de réponse, il retournait vers le préau. Nous le suivions et, deux étages plus haut, au bout d'un long couloir bordé de portemanteaux, nous arrivions à notre classe.

« Sortez vos cahiers ! »

Nous les sortîmes de nos cartables et les posâmes sur la table. Raffin eut l'air satisfait : nous avions réagi. Monique fixait à travers la fenêtre le bloc d'immeubles voisins, son mystérieux cartable sur les cuisses. Caché par le dos de Jean, mains sur la tête, coudes sur la table, Pierre rêvassait.

« Regardez-moi quand je vous parle ! » nous lança Raffin.

Nous tendîmes le cou vers le tableau.

« Quel jour sommes-nous ? » demanda notre maître.

Silence. On entendait la voix aiguë de la maîtresse de la classe voisine dicter une leçon d'histoire, et, au loin, le vrombissement saccadé d'un marteau piqueur.

« Quel jour sommes-nous aujourd'hui ? » répéta Raffin en haussant le ton cette fois et se donnant l'air méchant.

Silence. Épais, pénible à supporter. Nous

avions des difficultés à nous exprimer, et Raffin, en essayant de nous aider, sans le savoir nous enfonçait dans le mutisme. Nous n'avions envie de parler à personne, nous ne le voulions et ne le pouvions pas. C'était déconcertant pour quelqu'un de l'extérieur ; pour nous, c'était ainsi. Dans son orgueil, notre maître prenait la mouche, soupçonnait un complot contre lui. Assis derrière le bureau, il avançait les épaules, redressait son visage dépité, long et osseux, et cognait du poing sur le bureau.

Silence.

Nous comprenions ses questions, connaissions les réponses mais aucun de nous ne pouvait répondre. Raffin en colère se leva alors :

« Puisque c'est ainsi, je formulerai la question autrement ! »

Il tourna sur lui-même d'un pas nerveux, étouffé par la rage ou, peut-être, l'envie de nous battre mais il s'en garda bien. Il cherchait son calme. Ses yeux brillèrent de colère derrière les verres embués de ses lunettes. Nous connaissions bien la méthode dont il allait user pour nous faire parler, ce ne serait pas la première fois qu'il l'utiliserait.

Je me sentais incapable d'ouvrir la bouche, encore moins de parler. L'angoisse monta en moi comme une coulée de lave et me brûla la poitrine. Mes camarades aussi avaient peur. Ariel cacha ses mains tremblantes sous ses cuisses ; Monique, toujours fascinée par le bloc d'immeubles, regardait une femme tendre du linge sur un balcon. Jean ferma les yeux, comme il faisait lorsqu'il craignait d'être interrogé. Ses lèvres remuaient et on aurait dit qu'il priait. La première fois que je l'avais vu se comporter ainsi, j'avais cru qu'il était fou.

Ma peur à moi s'amplifia, c'est tout. Elle m'était si familière, je me levais le matin avec elle et la sentais en moi toute la journée. Je n'ai jamais vécu sans. Lorsque Raffin ordonnerait à l'un d'entre nous de se lever pour répondre à la question, la peur d'être désigné attiserait en moi sa morsure. Comme je l'ai déjà dit, je savais quel jour nous étions mais, comme mes camarades, il m'était impossible dans cette classe ni ailleurs de trouver les mots.

Raffin leva le doigt, le pointa vers nos têtes :

« Banin ! »

Il désigna Ariel. Un profond soulagement m'envahit, détendit les autres aussi certainement. Ariel ôta sa kippa et se leva ; ses membres craquèrent et il toussa pour éclaircir sa voix :

« Je ne sais pas, Monsieur.

— Comment, tu ne sais pas ?

— Je ne m'en souviens plus, Monsieur. »

Le regard tendu et insistant de son maître fit baisser les paupières à Ariel.

« Quel jour étions-nous hier ? » dit Raffin en tapant d'un poing ferme sur le bureau.

Silence.

La maîtresse de la classe voisine toussait et

l'Arabe qui, dehors, manœuvrait le marteau piqueur, dut s'absenter, on n'entendait plus son engin. Le rouge au front, Raffin reprit :

« Le jour d'hier était inscrit sur le tableau toute la journée d'hier ! Lequel de vous s'en souvient ? »

La peur revint au galop : Raffin s'adressait à nous tous. Ses yeux vitreux, derrière les verres de ses lunettes, me fixèrent. Paralysé par la peur, je ne bronchai pas. En dernier ressort, le maître s'adressa alors à Pierre :

« Jeune Pierre Bocca, hier nous étions mercredi et aujourd'hui nous sommes... ? »

Pierre resta silencieux.

« Levez-vous, Bocca Pierre. »

Il vouvoyait, tutoyait, selon son humeur. Pierre se leva, étirant timidement son long corps courbatu. Il mit les mains dans son dos, le regard à la recherche d'un point sur lequel se fixer pour éviter celui de Raffin. Il trouva, s'arrêta sur la pendule accrochée au-dessus de la porte, et susurra :

« Cheudi.

— Comment ? fit Raffin en tendant l'oreille. Bocca Pierre, exprimez-vous à haute et intelligible voix ! »

Pierre reprit :

« Jeudi, Monsieur. »

Raffin tapa dans ses mains flasques, pigmentées de taches de rousseur :

« À la bonne heure ! Pourquoi ne l'as-tu pas dit plus tôt ? »

Pierre se tut à nouveau, il n'avait plus qu'une

hâte : se rasseoir et ne plus être la cible de son maître.

Raffin se mit à se plaindre :

« Pourquoi attendez-vous toujours que je vous désigne personnellement pour me répondre ? Pour me parler ! Pourquoi ne le faites-vous pas spontanément et avec entrain pour avoir la bonne note ? »

Ce serait bien, normal même, pensai-je, de se lever prestement, content, avant les autres pour répondre et cueillir la meilleure note. Mais quelqu'un avait volé ou éteint en nous la petite étincelle qui tient en éveil les sens de chacun. Nous gardions le silence.

Le vieux maître s'affala de tristesse sur son bureau, tritura un crayon à mine rouge finement taillée et, tête basse, ajouta :

« Je me sens seul avec vous, comme vous vous sentez seuls avec vous-mêmes. Vous imaginez-vous ma souffrance ? Elle est égale à la vôtre. »

Il parlait d'une voix douce, reposante, une voix usée par le temps. Les yeux humides, il pleurait intérieurement pour cacher ses larmes, mais les haut-le-corps le trahissaient. Ses épaules se mirent à trembler, il fut pris d'un accès de toux. Notre maître sortit son mouchoir à carreaux.

Il en était ainsi tous les matins dans la classe de rattrapage de M. Raffin.

Lorsqu'il savait à l'avance que le directeur allait venir dans notre classe, Raffin attendait debout près de son bureau ou marchait dans les rangs, le cou penché sur nos têtes, pour donner ainsi à son supérieur l'image d'un instituteur attentif, non celle d'un fainéant collé à son siège.

Un jour que le directeur était venu nous remettre les bulletins scolaires, Raffin alla à sa rencontre et l'invita à son bureau. Puis, prenant les airs d'un maître appliqué interrompu dans son travail, il s'activa à ranger crayons, stylos, craies, livres et cahiers judicieusement éparpillés par ses soins avant l'arrivée de son supérieur, pour avoir le plaisir de lui glisser à l'oreille :

« Je n'ai pas eu le temps, Monsieur le directeur, de vous faire une petite place ; il y a tant à faire avec des élèves comme ceux-là. Mais je ne me plains pas. »

Les mains dans le dos et un sourire en cul-de-poule rehaussaient la mise en scène.

À peine assis, le directeur, dans une attitude

rigide, donnait le ton. Ce n'étaient pas les notes bidon que Raffin alignait dans nos carnets pour montrer son dévouement à la tâche qui auraient rassuré le directeur. Raffin les distribuait à la tête de l'élève sans qu'il y eût même de leçons apprises, selon notre comportement.

« Si vous ne vous décidez pas à suivre studieusement les cours, vous finirez comme les petits vieux de la maison de retraite de Nanterre ! » pesta le directeur.

De pauvres bougres qui buvaient du gros rouge, faisaient sous eux et qu'on ramassait le soir, hébétés, la gourde vide, aux Abribus.

Les mains dans le dos comme un bon élève, Raffin l'approuvait d'un air désabusé :

« Je n'arrête pas de le leur dire ! »

Le directeur aussi aimait taper du poing sur le bureau. Il avait le visage rond et rougeaud, les cheveux gris, coupés ras, dressés comme les poils d'une brosse dure. Ses commentaires étaient entrecoupés de : « Mon pauvre monsieur Raffin, comme je vous plains ! » Notre maître, pour qui cette remarque était un compliment, se redressait d'aise tout en gardant l'œil triste de celui qui souffre à la tâche.

« Quant à vous, jeune Abou, vous ne me ferez pas croire que vous en êtes encore à apprendre à lire et à écrire ! Vous êtes allé à l'école dans votre pays avant de venir ici, je le sais par vos certificats scolaires ; votre niveau ne correspond pas à vos notes, reprenez-vous ! Vous aviez besoin d'une période d'adaptation, j'en conviens, mais elle est terminée ; maintenant il faut penser à améliorer vos résultats ! »

Le doigt du directeur était pointé sur moi. Je fuyais ses gros yeux en me tournant vers Monique. Elle était si jolie ; j'aimais la regarder. Parfois, dans ce silence pesant où rien ne semblait exister, se sentant épiée, elle se tournait brusquement vers moi ; je rentrais vite la tête, mais avant je croyais lire dans ses yeux sombres : « S'il y avait plusieurs filles dans cette classe, tu ne me regarderais même pas. » Ce n'était pas vrai : à la récréation il y avait d'autres filles mais c'était elle que je recherchais, elle était injuste avec elle-même. Un jour, je la surpris à m'observer. Comme c'était elle qui avait commencé, cette fois je ne baissai pas les yeux. Ce fut un instant doux et précieux, je crus même qu'elle allait me sourire.

Monique, elle aussi, s'attira les foudres du directeur :

« Je sais, mademoiselle Chemin, que vous n'êtes pas dans un moment propice à de bonnes études. Vous êtes dans la classe de monsieur Raffin parce que, au cours moyen, votre comportement freinait l'élan de vos camarades ; ici vous allez retrouver vos esprits bien tranquillement, pour obtenir des résultats concrets. Cela fera plaisir à votre maman d'apprendre que vous avez bien travaillé durant sa cure de désintoxication ! »

Monique se raidit lorsqu'il parla de sa mère.

Elle pâlit et serra contre elle son cartable. Le directeur se pencha de nouveau vers elle :

« Je ne comprends pas qu'une élève qui a de si bonnes dispositions puisse, du jour au lendemain, chuter ainsi ! »

Monique resta silencieuse. Il insista :

« N'est-ce pas, mademoiselle Chemin ? »

Le directeur avait plus d'autorité que Raffin, Monique répondit aussitôt :

« Je ne veux pas avoir de bonnes notes. »

Le directeur, ébahi, écartant les bras, dit :

« Et pour quelle raison ? »

Monique conclut :

« Je ne sais pas à qui les offrir. »

Raffin but deux verres, coup sur coup, dans notre dos. Le passage du directeur, qu'il craignait tant, lui laissait le gosier sec.

Son penchant pour l'alcool n'était un mystère pour personne à l'école. Mais rien n'aurait pu l'évincer de son poste : il était près de la retraite et, surtout, qui aurait voulu de nous ?

Les élèves de la classe de rattrapage déjeunaient dans la salle des maîtres. La promiscuité avec les autres était impossible au réfectoire. Ils nous lançaient les aliments à la figure, comme on jette des cacahuètes aux animaux de foire, durant tout le repas. On nous servait souvent de la viande de porc, dont je ne pouvais pas manger. Lorsqu'elle n'était pas servie en hors-d'œuvre, il y en avait en plat chaud ou dans les légumes. Ariel, lui non plus, ne touchait pas du tout à cette viande ; la raison m'en était inconnue. Le grand Pierre se chargeait d'engloutir nos parts, nous évitant ainsi les réprimandes. Je sortais de table la faim au ventre.

De retour en classe, Raffin nous distribuait des livres de sciences naturelles que nous devions feuilleter en silence. Lui-même en ouvrait un exemplaire sur une table au fond de la salle. Il mettait en marche le magnétophone, d'où s'échappait en sourdine de la musique classique, il croisait les bras et fermait les yeux pour faire un somme. Nous avions pour mission de le réveiller, sans que cela paraisse, au cas où quelqu'un, le directeur par exemple, viendrait à frapper à la porte. Après maintes répétitions avec Raffin, une fois l'intrus repéré à ses pas dans le long couloir qui menait à la classe, nous devions, sans en avoir l'air, nous précipiter comme un seul homme, tranquilles, autour du maître, former un paravent compact devant lui en nous serrant les uns contre les autres afin de le dissimuler. C'est Pierre, élu pour son ancienneté dans l'exercice, qui avait la charge de taper sur son épaule pour le réveiller et lui donner ainsi le temps de remettre ses lunettes et de se recoiffer d'un geste de la main. Ensuite, nous faisions semblant d'écouter la leçon que Raffin nous lisait, d'une voix encore pâteuse et ensommeillée. Et, levant son long cou vers la porte, l'air plus éveillé, Raffin priait enfin l'importun d'entrer.

Nous aimions le silence, c'était notre seul ami. Il apaisait les brûlures que la peur attisait en nous. Je pensais que tous les enfants du monde connaissaient bien cette sensation qui donne envie de vomir au réveil. Lorsque Raffin laissait le silence se répandre dans nos esprits jusqu'à nous figer, c'était doux, c'était bon, comme le ronronnement d'un vieux chat assoupi, l'hiver, près d'une cheminée. Nous ne bougions plus, ne rêvions pas, écoutions en nous le frémissement doux et chaleureux du silence. Il était notre élément, Raffin le savait. Compréhensif, il nous laissait aller au fond de nous-mêmes chaque matin à notre arrivée en classe. Il nous observait. Le temps était arrêté malgré le tic-tac de la grosse pendule accrochée au-dessus de la porte. Monique serrait moins fort contre elle son cartable ; les mains d'Ariel ne tremblaient plus. Pierre oubliait de cacher sa présence et Jean ne remuait pas ses lèvres en fermant les yeux : il inspirait à plein nez l'air paisible du silence.

Nous redevenions normaux. Puis Raffin tapait du poing sur son bureau :

« Un ! »

Nous devions compter l'un après l'autre dans le sens des aiguilles d'une montre :

« Deux » (Ariel).

« Trois » (moi).

Et ainsi de suite. Nous comptions tour à tour. C'est le moyen que notre maître utilisait le matin pour briser le silence et nous faire parler. Il savait que nous en étions incapables à l'heure où les cauchemars de la nuit n'étaient pas encore dissipés. Le matin, la nausée me coupait l'appétit, je ne déjeunais pas, cela n'arrangeait pas les choses.

« Cinquante-six » (Monique).

« Cinquante-huit » (Pierre).

« Non ! » criait Raffin.

Pierre revenait en arrière :

« Cinquante-six..., cinquante-sept !

— Cinquante-huit », disais-je à mon tour.

Pour nous tous, c'était une séance de torture. Le même mal-être nous habitait et chacun appréhendait le moment où reviendrait son tour de compter. Parfois l'un de nous décrochait ; il renonçait à poursuivre, à compter, à parler. En général c'était Ariel, et toujours autour de deux cents ou deux cent cinquante. D'abord ses mains, qu'il dissimulait sous les manches de sa veste, se mettaient à trembler. Il se crispait, grimaçait de douleur et de fines gouttes perlaient sur son front. Enfin, lorsque revenait son tour, il restait silencieux. Raffin tentait bien de le reprendre, même en hurlant, Ariel n'écoutait plus. Il se coupait du monde extérieur. Nous n'étions plus que quatre à compter et nous continuions, au mince soulagement de notre maître.

« Trois cent vingt.

— Trois cent vingt et un.

— Trois cent vingt-deux... »

La dernière classe quitta la cour de récréation et s'enfonça sous le préau après que la sonnerie du matin eut retenti. Quelques excités nous adressèrent encore singeries ou insultes, notamment une petite peste aux joues criblées de taches de rousseur, qui s'en prenait régulièrement à Monique. Peu à peu la rumeur hostile s'éloigna et nous restâmes, sages, les mains dans le dos, seuls dans la cour. Notre maître nous avait-il oubliés ? Notre chef de file, Pierre, regarda autour de lui pour s'assurer que nous étions à l'abri des regards, et se mit à imiter son idole :

« Be bop lula ! She is my baby ! Be bop lula ! »

Il se tortillait comme un ver, un micro invisible bien serré dans la main. On l'entoura d'encouragements, de rires, de battements de mains. Il twistait comme un vrai rocker, les mains sur les hanches, le regard frimeur. Il se défoulait. Il connaissait par cœur le hit-parade et suivait tous les jours le classement, à la radio, dans sa cave.

J'aimais notre complicité dans ces moments-là. On parlait peu, mais là on osait rire, on se regardait sans honte. Je n'ai jamais su si le grand Pierre s'encanaillait pour nous faire rire ou s'il était seul dans son rêve. Il était en sueur à se déhancher ainsi. Il chanta tout ce qui lui passait par la tête et, les doigts sous la ceinture, ponctua son numéro d'un « Yeah ! » final quand Ariel nous prévint que le directeur traversait le préau à grands pas. Nous nous remîmes vite sagement en rang, priant qu'il ne nous ait pas vus. Mais, surpris, il s'arrêta au milieu du préau et nous fixa avec l'air de penser : « Qu'est-ce qu'ils foutent encore, ceux-là ? » Puis il se tapa sur le front, et sembla soudain plutôt ennuyé. Il vint à nous :

« Monsieur Raffin est souffrant aujourd'hui. »

Une main sur la bouche, les yeux au ciel, en signe de réflexion, il murmura :

« Où vais-je les caser ? »

Il trouva.

« Allez au cours de gymnastique avec monsieur Letort !... Non, sûrement pas là ! Avec votre réputation vous seriez une cible modèle pour les jets de balles, c'est du chahut annoncé », dit-il, sans se soucier de l'effet que pouvait produire sur nous ce commentaire.

Il rectifia :

« Chez monsieur Evron, voilà une bonne solution. Avec lui, tout le monde sait qu'il vaut mieux se tenir tranquille. »

Evron était un sportif ; il faisait souvent la classe

en survêtement bleu, sur lequel il y avait écrit sur le côté gauche Le Coq sportif. À midi, il déjeunait d'un fruit et de fromage blanc, debout derrière son bureau avant d'aller au gymnase.

Le directeur nous confia à lui et partit. À peine eut-il fermé la porte derrière lui que des élèves d'Evron nous saluèrent en poussant des hou ! hou ! de chimpanzé et en se grattant sous les bras. Leur maître les laissa faire un moment puis leva une main raide, bien ouverte pour demander le silence. Il se pencha vers nous, un rictus au coin de la bouche pour amuser ses élèves, qui rirent grassement. Il nous toisa, nous renifla, avant de nous envoyer nous asseoir en ces termes :

« Vous y en a aller au fond de la classe et vous y en a pas croquer cacahuètes pendant que Buena parle. »

Ce fut un éclat de rire général, et lui, Evron, en fut tout fier. Il avait une tête immense, les cheveux coupés au bol, des mains énormes, rougeaudes et carrées. Nous nous assîmes tous les cinq, sans bruit, aux places qui nous avaient été indiquées. Pierre posa son cartable sur la chaise voisine afin d'être seul à sa table. Je m'assis à côté de Monique, qui ne s'en aperçut même pas. Elle sentait bon le savon et j'étais content d'être si près d'elle, même si elle affichait sa tristesse habituelle. Je me rendis compte que je ne l'avais jamais touchée. Nous ne nous serrions pas la main dans notre classe. Les autres élèves se disaient bonjour ainsi, pas nous. J'avais envie de frôler le bras de Monique avec mon coude. Je ne pensai qu'à cela toute la matinée sans oser la regarder. Le temps passa vite, j'avais rêvassé dans la bonne humeur. Les élèves de monsieur Evron étaient doués et méritants. J'imaginai qu'il devait être bien embarrassé au moment de les classer : ils levaient tous le doigt et répondaient avec entrain. Nous cinq restions silencieux au fond de la classe et observions les autres avec admiration. Ils ne se retournaient vers nous que lorsque leur maître nous regardait. Le comportement de notre camarade Jean, qui fixa toute la matinée un même point au-dessus du tableau, dérouta beaucoup Evron. Tête droite, épaules haussées, mains jointes, Jean, seul, très éloigné de nous, intriguait par son attitude. Evron s'interrompait parfois pour le fixer. Les élèves se retournaient et semblaient s'attendre bientôt à voir perler une larme à ses yeux noirs et brillants. Nous, ses camarades, savions qu'elle ne coulerait pas ; nous savions que notre Jean se racontait une histoire triste : les enfants dépressifs sont ainsi ; ils se plaisent à souffrir dans leurs songes. Ils sombrent et perdent le goût du bonheur. Evron crut intelligent de réveiller Jean en lui lançant méchamment une craie au visage, comme on punit les distraits. Elle l'atteignit à l'épaule. Jean sursauta et gémit de stupeur. Et le jeu reprit dans cette bonne classe où il fallait jouer des coudes pour être premier. La cloche sonna midi.

« Avant de ranger vos cahiers, nous dit Evron,

je vous propose la colle du jour : trouvez-moi un synonyme du verbe “poudrer”. »

Les élèves se grattèrent la tête. Evron ouvrit son sac de sport sur le bureau et en sortit un pot de yaourt et une banane. Les minutes s'écoulèrent; le chahut des classes voisines envahit le couloir.

« C'est long! » dit Evron.

Il avait raison. Je trouvais aussi le temps long, j'avais faim. La classe était située au-dessus des cuisines, et je devinais à l'odeur ce qui nous attendait : des œufs durs dans une sauce âcre et sucrée appelée sauce Aurore. C'était mon plat préféré. Evron reprit en élevant la voix :

« Allons, jeunes gens, vous n'allez pas saboter ma demi-heure de footing en restant muets! » dit-il avec colère et ironie en épluchant sa banane.

Son pied martelait l'estrade. Je pensai que ses élèves trouveraient la réponse facilement. Le temps passa. Les autres se mettaient à table, au réfectoire, les couverts tintaient.

« Sachez que si je vous donne la réponse, vous resterez une demi-heure supplémentaire en étude ce soir! » prévint Evron.

Des soupirs de mécontentement fusèrent quand soudain une voix se fit entendre :

« Poudroyer. »

Il y eut alors un silence d'une pureté absolue. Lentement, les élèves d'Evron se retournèrent pour nous fixer, ébahis. Leur maître, la bouche pleine, nous toisa tous les cinq du regard :

« Qui a répondu ? »

Pas de réponse.

« Qui a répondu ? » reprit simplement Evron.

Ariel leva une main molle tout en fixant le trou vide de son encrier. Toute la classe, Evron en tête, le regarda avec étonnement dans un silence qui nous était familier.

« Levez-vous pour répondre, tel est l'usage ici », lui dit Evron.

Ariel, embarrassé, regrettant déjà son geste, se leva, et retira sa kippa.

« Regardez-moi ! » fit Evron.

Ariel obéit, non sans gêne, les mains dans le dos. Maître et élève se fixèrent longuement. Evron prolongea le supplice pour ôter tout moyen à Ariel, et dit enfin :

« Qu'avez-vous répondu ? »

« Moi y en a dit "poudroyer", Buena. »

Evron se gonfla de colère et devint tout rouge. La peur me fit oublier la faim. J'aurais voulu être ailleurs. J'eus, en plus, la mauvaise idée de faire « Hum ! ».

Déjà provoqué par Ariel, à en rester sans voix, Evron crut que je me moquais de lui. Sa bouche trembla de rage.

« Pourquoi t'es-tu raclé la gorge, toi ? »

Je baissai vite les yeux pour lui montrer qu'il était le vainqueur. Je n'allais pas lui dire que je m'étais raclé la gorge en pensant : « Zut, ça va être notre fête ! » et qu'Ariel aurait mieux fait de se taire. La faim le rongeait peut-être ou l'idée de rester à l'étude une demi-heure de plus le rebutait, mais de là à user de la provocation pour se libérer... Du coup, on était coincés. Le front bas, j'observai les élèves. Leur réaction m'étonna : ils avaient l'air de jubiler, au fond, de l'affront que subissait Evron. Ceux-là, peut-être, ne se moqueraient plus de nous dans la cour. Contrarié au plus profond, ruminant sa vengeance, Evron lâcha enfin :

« Sortez, sauf la rattrape ! »

Notre classe portait ce surnom. Les élèves nous laissèrent avec Evron. Il avait de la foudre dans les yeux et sa mâchoire grinçait. Il claqua des doigts et nous ordonna de prendre le chemin du gymnase. Il nous aligna côte à côte — sauf Monique, dispensée de punition — contre le mur rouge de la salle de culture physique et le jeu de quilles débuta. On courait le long du mur pour esquiver les ballons de handball qui arrivaient comme des bombes, lancées, à dix pas, par un Evron enragé, en nage dans son survêtement étriqué. Il mit toute sa hargne dans ses lancers, tout le poids de son corps d'athlète. Les ballons qui nous rataient s'écrasaient contre le mur dans un violent fracas qui résonnait comme un pétard dans la salle. Ariel fut la cible privilégiée, mais Jean et moi ne fûmes pas épargnés. Lorsqu'un ballon nous touchait, on se relevait vite malgré la douleur car Evron en profitait pour nous viser à terre. Nous nous protégions le visage de nos mains. Quant à Pierre, il avait si peur qu'il s'était retranché dans un coin, le dos tourné vers Evron, les mains autour de la tête, immobile. Il reçut deux coups violents qui lui coupèrent le souffle, et se raidit sans bouger. Evron, que les cibles immobiles n'excitaient pas, le provoqua :

« Bouge-toi ! Défends-toi ! »

Mais Pierre ne broncha pas. Monique suivait le spectacle dans une triste indifférence. Puis, pendant un long moment, Evron ne toucha plus de cibles. La fatigue l'avait émoussé et, avec l'entraînement, Ariel, Jean et moi esquivions mieux les ballons. Découragé de cogner dans le vide, Evron changea de tactique : il avança de trois grands pas. Au début de la séance de tir, si j'avais eu envie de rire du ridicule de la situation, là, quand Evron fut si près de nous, j'eus vraiment peur. Il se remit à nous viser avec une violence accrue. Mais malgré les coups, nous étions devenus si habiles tous les trois qu'Evron continuait à nous manquer. Découragé, il cessa le tir et interpella Pierre :

« Eh, toi, grande girafe ! Tu crois t'en sortir à si bon compte ? »

Pierre, le nez au mur, frémit, ses longues jambes ployées par la peur. Des gouttes de sueur perlèrent sur les tempes d'Evron. Les commissures de ses lèvres épaisses se recouvrirent d'une écume blanchâtre. Il reprit son souffle en jonglant avec le ballon. Pierre, malgré la menace, ne bougeait toujours pas. Ariel, Jean et moi, essoufflés mais sur nos gardes, l'observions.

« Remue-toi ! » cria encore Evron.

Pierre, alors, se mit légèrement de profil, en serrant si fort ses bras contre sa tête qu'il en trembla. Evron prit son élan et lança de toutes ses forces un ballon sur Pierre. Le choc fut tel que son crâne heurta violemment le mur de béton. Pierre resta debout ; la douleur le fit tournoyer sur lui-même plusieurs fois le long du mur et il s'arrêta face à moi ; son visage se crispa de douleur, je sentis son haleine tiède sur mon front. Sa joue gauche était rouge et de sa lèvre supérieure, fendue, coulait un mince filet de sang. Nous nous mîmes à regarder Evron avec moins de crainte. Monique vint s'aligner contre le mur à nos côtés. Elle fixa crânement Evron avant de lui dire :

« Laissez Pierre, je prends sa place. »

Les lèvres nerveuses, bras ballants, Evron eut l'air tout chose, comme un gamin qui vient de casser son jouet. Je pensai qu'il en resterait là, qu'en maître responsable il allait nous envoyer à la cantine. Mais il regarda Monique avec mépris ; il n'appréciait pas sa témérité. Il leva brusquement sa grosse poigne armée d'un ballon en sa direction. Se recroquevillant sur elle-même, penchée vers le sol, les mains protégeant sa tête, Monique attendit le choc, la douleur. Evron hésita. Elle se retourna alors contre le mur, dos face à lui. Encore sonné par le coup qu'il avait reçu, Pierre épongeait sa lèvre avec le col de son pull. Evron tarda à frapper. Il fit quelques pas sur la droite pour être face au corps roulé en boule de Monique. Ariel, Jean et moi restions figés dans un curieux silence. Evron essuya sa main moite sur son pantalon. Il jongla à deux reprises avec le ballon en fixant Monique. Le coup allait partir, elle le sentit : son corps se replia afin d'atténuer le choc. Elle crut bon de provoquer Evron une dernière fois, et, dans un réflexe inouï, susurra d'une voix douce et langoureuse :

« E.E., E.E. ! »

Evron baissa soudain le bras, comme pris en faute. L'inquiétude se dessina sur son visage, effaçant d'un coup le mépris qu'il affichait. Il comprit ce que Monique voulait insinuer. Moi aussi, et la peur me fit à nouveau me racler la gorge. Avec une audace prodigieuse, Monique continua :

« E.E., oui, E.E., encore, E.E. ! »

Elle gémit avec ce timbre aigu, voluptueux comme une plainte, qui s'amplifia peu à peu dans la salle de sport. Avec autant d'insolence et sur le même ton, Jean se joignit à Monique :

« Oui, Vladi, oui ! J'arrive, ma panthère ! Laisse-moi te prendre tout habillée, ça me fait de l'effet de te prendre de force !... Oh ! oui.

— Non, E.E., pas encore ! Découvre mes seins et baise-les avec ta grosse bouche goulue ! répondit Monique.

— Vladi ! Vladi ! »

Jean m'étonna ; je ne le pensais pas si courageux. Monique releva la tête et tous deux, sans gêne, fixèrent Evron ; ils n'avaient plus peur de lui, c'était du désespoir. Ils récitèrent ainsi, mot par mot, ce qu'Evron disait, sous l'emprise de l'excitation sexuelle, à sa collègue, madame Vladiccio, lorsqu'ils se retrouvaient dans la classe de celle-ci, voisine de la nôtre, et trompaient leurs conjoints. Humilié, Evron relâcha tous ses muscles ; il perdit de son autorité et, troublé, nous regarda avec l'air de se demander comment nous savions tout cela. Monique poursuivit avec cran et amertume :

« Oui, E.E., mordille-moi les tétons, ils sont à toi, je te les donne ! »

Et Jean enchaîna :

« J'ai pensé à ton cul toute la journée, ma Vladi ! »

Tous deux les imitaient à la perfection, en rajoutaient dans les gémissements, les plaintes et surtout les cris. Le gymnase résonnait, Evron était confondu.

E.E. était le diminutif d'Étienne Evron ; tous l'appelaient ainsi. Là, face à nous, il était blême. Il n'était plus le costaud de l'école, le coq de la basse-cour. Ne sachant que dire, que faire, ne voulant plus entendre ces cris aigus et moqueurs qui retentissaient à ses oreilles, il alla à reculons, non sans nous promettre, d'un œil oblique, sa vengeance. Les bras ballants, il laissa échapper le ballon, qui rebondit jusqu'à nous. Le visage du maître était décomposé. Monique et Jean continuaient à hurler : la scène d'amour allait à son accomplissement. Evron, fou d'inquiétude, regarda autour de lui, s'assurant que personne d'autre n'était témoin de ce théâtre en folie.

Nous étions non seulement au courant de ses sauteries avec sa jolie collègue, une brune racée aux genoux pointus, mais nous devinions même, à l'avance, le jour de leurs ébats. Cela se passait lorsque le directeur était absent de l'école. Les deux amants attendaient le soir que l'école se vide et se rejoignaient, toutes lumières éteintes, dans la classe voisine de la nôtre. Nous étions aussi dans le noir car Raffin dormait lorsque le directeur était absent. Dans son sommeil de vieux, parfois il n'entendait pas la sonnerie du soir et, parce que nous n'osions pas le prévenir, nous attendions sagement qu'il se réveille. Dans le silence de cette école vide, nous écoutions à loisir les bêtises que les adultes se disaient pendant l'amour :

« Je veux que tu jouisses avant pour que je sente couler le torrent brûlant de ton jus !

— Pas si vite, coquin, retiens-toi ! »

C'étaient ces deux bêtes sauvages que Monique et Jean avaient singées devant un Evron pétrifié. Il recula vers la sortie du gymnase. Je frissonnai ; il y avait de la folie dans notre attitude, dans ces cris vengeurs sortis de la bouche d'enfants battus, dans le regard assassin du maître. Ariel se mit à rire, à s'étrangler, par défi. Je me raclai la gorge à plusieurs reprises. Jean et Monique continuèrent de plus belle :

« Plus fort ! Plus vite !

— Tu aimes que je te viole ! Hein ? »

Les yeux d'Evron nous maudirent. Monique criait à en perdre haleine, Jean était à bout de souffle, et moi, dans ce vacarme dramatique, je me surpris en train d'applaudir. Je tapais frénétiquement dans mes mains et rien ne pouvait plus m'arrêter.

« Ce matin, monsieur Evron est venu se plaindre à moi ; il m'a dit que vous aviez fait preuve d'insolence à son égard alors qu'il vous avait accueillis à bras ouverts dans sa classe. »

C'est ainsi que Raffin commença la classe ce matin-là.

« Votre entêtement, je le connais et je m'en passerais bien ; en revanche, j'aimerais que vous usiez de la même condescendance avec moi en répondant à mes questions avant même que j'aie fini de les formuler. »

Il joignit ses mains sur le bureau et laissa, comme de coutume, le silence, notre silence, nous envelopper. Dans la classe voisine, madame Vladiccio distribuait les copies en énonçant à haute voix les notes et ses commentaires. J'avais envie de regarder Monique, mais Raffin épiait le moindre geste. Le sifflement saccadé de ses bronches obstruées, lancinant comme le ronron d'un chat, nous engourdissait. Mais, brusquement, Raffin bondit de sa chaise, cogna des deux mains sur son bureau et, avec un large sourire qui fit briller ses yeux, nous dit :

« Alors, vous avez fait chier ce grand imbécile, ce poujadiste, ce... sportif de E.E. ? »

Il était à la limite de laisser exploser sa joie mais se retint. Il dit « E.E. » en hochant la tête, en se tordant la bouche, à la fois moqueur et rancunier.

Surpris, nous nous figeâmes. Le visage rayonnant, notre maître se frottait les mains.

« Racontez-moi, dites-moi ce qui l'a fait venir jusqu'à moi, alors que d'ordinaire son mépris à mon égard lui fait tourner le dos dès qu'il me croise. »

Il ne put se retenir longtemps et pouffa, la main sur la bouche.

« Vous avez dû faire fort parce que notre ami avait le moral à zéro et les paupières qui lui tombaient au menton, comme quelqu'un qui n'a pas beaucoup dormi. »

C'était bien un compliment qu'il nous adressait. J'en eus du baume au cœur. Jean souriait ; Ariel et Monique rougirent en baissant la tête. Moi, j'en étais encore à me demander ce qu'était un « poujadiste » mais j'avais compris tout le reste.

« Allez, mes enfants, dites-moi donc ce que vous avez fait à cet idiot d'Evron. »

Il avait dit « mes enfants ». Nous nous sentîmes enfin proches de notre maître, heureux de le voir rire. Une atmosphère joyeuse régnait dans la classe, c'était si rare. Mais aucun de nous n'osa répondre à Raffin. Le silence reprit le dessus.

« Monsieur Banin, voulez-vous avoir le courage de me conter ce que vos camarades et vous fîtes à mon collègue, monsieur Evron, lors de votre séjour dans sa classe ? »

Ariel se leva, cacha ses mains tremblantes dans son dos, et rougit, ne sachant comment ni par quoi commencer. Notre maître montra son impatience en faisant rouler ses doigts sur le bureau.

« C'était au gymnase, Monsieur... et c'est Chemin qui a commencé, elle a... »

Ariel eut du mal à poursuivre. La curiosité de Raffin augmenta :

« Chemin a...

— Elle a dit devant monsieur Evron : "Oh ! Vladi, marche-moi sur le ventre avec tes talons aiguilles, ça me rend tout chose" ! »

Gêné, Ariel se rassit avant que Raffin ne lui en donne l'ordre. Le silence retomba, lourd. On craignit que Raffin ne prenne mal la chose mais, les yeux arrondis, il se leva, marcha vers Monique avec l'air de quelqu'un qui n'en revient pas.

« Vous ne lui avez pas dit ça, tout de même ? » dit-il à Monique, repris par l'envie de rire.

En guise de réponse, Monique désigna Jean, comme pour lui passer le relais. Raffin le fixa. Jean, tête baissée, sourit.

« Que lui avez-vous dit d'autre ? lui dit Raffin.

— Tout ce qu'il dit avec madame Vladiccio quand ils font... répondit Jean.

— Tout ? » reprit Raffin, en extase.

Et, comme un seul homme, nous opinâmes tous joyeusement du bonnet. Le maître, si content qu'il faillit nous embrasser, laissa exploser sa joie dans le fond de la classe. Nous comprîmes ce jour-là que Raffin ne dormait pas toujours en fin d'après-midi, qu'il entendait bien la sonnerie du soir mais se taisait afin d'écouter les ébats amoureux d'Evron et de Vladi.

Cela faisait quatre jours que nous n'avions pas vu Monique en classe. Raffin nous demanda si on avait une idée de la raison de son absence. Mais ni Pierre, ni Ariel et Jean, ni moi n'en avions la moindre. Un soir après la classe, j'allai attendre Monique au pied de son immeuble. Ses fenêtres étaient éclairées. Je fis deux fois le tour du bâtiment et le froid me poussa à me réfugier dans le hall. Je m'assis sur les premières marches et attendis. Des locataires, poussés par le froid, montaient promptement l'escalier. Ceux qui descendaient relevaient le col de leurs manteaux avant de pousser la porte. À tous, curieusement, je semblais transparent. Dès que s'ouvrait une porte au-dessus de moi, je levais les yeux dans l'espoir de voir apparaître Monique. Je restai longtemps assis sans bouger. La nuit était tombée sur cette courte journée d'hiver. J'actionnais régulièrement la minuterie afin que ma présence, dans l'obscurité, ne surprenne pas les locataires. Une porte s'ouvrit et Monique apparut enfin au-dessus de moi. Sa main glissa sur la rampe de l'escalier. Je reconnus tout de suite son bras vêtu du seul tricot qu'elle devait avoir. Je me levai, gêné. Qu'allais-je lui dire ? Je n'y avais pas réfléchi. J'étais là parce que j'avais envie de la voir. Lorsqu'elle s'absentait de l'école, elle me manquait. Je faillis partir sur la pointe des pieds avant qu'elle ne me voie mais, le cœur battant, je restai, heureux et transi de timidité à la fois. Je vis ses épaules puis son visage, son regard triste. Elle descendait lentement les marches. Quand je la vis de plus près, l'émotion me submergea : son œil droit était poché et du coton, rouge de sang, couvrait ses narines. Je quittai vivement le hall et, une fois dehors, courus me cacher derrière le bloc. Je savais maintenant ce qui la retenait chez elle. Elle refusait de paraître parmi nous avec la misère sur le visage. Malgré mon envie de la voir et de lui parler, je n'avais pas voulu la mettre mal à l'aise : croiser, ainsi défigurée, une camarade, n'aurait fait que blesser sa pudeur. Tous les enfants battus le savent.

Je rentrai à la maison le cœur gros en cherchant ce qui pourrait mettre du baume au cœur de Monique. Je portais des chaussures neuves, des grolles que mon père m'avait achetées un dimanche au marché d'Argenteuil. À l'entrée du bidonville, je les ôtai et les cachai dans mon cartable, et fis le reste du trajet en chaussettes dans la fange glacée. Je poussai la porte de la baraque et vis mon père, assis près du poêle à charbon, consulter sa montre. Je rentrais tard. Il vit mes pieds, les chaussettes de laine noircies de boue jusqu'aux talons. Stupéfait, il cria :

« Et tes chaussures ? »

Je répondis à mon père que je les avais retirées pour alléger mes pieds au gymnase et qu'on me les avait volées. Pour mon père, le prix des grolles égalait une journée de labeur dans les tranchées profondes et boueuses. Le coup qu'il me donna sur le nez me fit vaciller. J'entendis maman crier, j'allai me coucher et ne tardai pas à m'endormir.

Le lendemain, plutôt que me rendre à l'école, j'allai m'asseoir sous le porche de l'immeuble où Monique habitait et attendis. J'entendis sonner la cloche de l'école et essayai d'imaginer la tête de Raffin face aux trois élèves qui restaient, Ariel, Jean et Pierre. Monique n'apparut qu'en fin de matinée. Elle dévala si vite l'escalier que je ne l'aperçus que lorsqu'elle fut dehors.

« Momo... »

C'était la première fois que je l'appelais par son surnom. Elle se retourna et me reconnut. La surprise la cloua sur place, puis elle se sauva en courant.

« Momo, Momo ! Regarde, regarde ! » criai-je d'une voix suppliante.

Elle s'arrêta enfin, et, une main sur son œil blessé, me fixa. Je lui montrai fièrement mon visage, qui arborait les mêmes couleurs que le sien. Moins honteuse, elle abaissa la main et me sourit : j'avais gagné. Heureux, je me rapprochai d'elle. Elle rit franchement :

« C'est toi que j'ai vu sortir hier discrètement du hall en oubliant une boîte d'allumettes ? »

Je dis oui. J'avais grillé, là, une boîte entière pour me réchauffer en l'attendant.

« C'est quoi, toi ?

— Un coup de poing de mon père ; et toi ?

— Un coup de pied de papa destiné à ma mère. J'étais blottie contre elle pour la protéger. On va manger des bonbons ? »

Je dis oui, tout heureux de la suivre. Elle m'apprit comment se régaler, sans les payer, de bonbons et de barres de chocolat, en les mangeant sur place dans les rayons du Monoprix. Elle acheta une bouteille de lait, une bière, puis une baguette chez le boulanger, et un petit flacon d'éther à la pharmacie. Je la suivis. Je l'écoutais ; j'aimais sa voix, son sourire, ses yeux verts, même ses ongles rongés. J'aimais son allure et sa manière de poser le pied sur le sol quand elle marchait. Quand elle me montrait un objet dans une vitrine, elle collait son visage contre le mien, je frissonnais. Je me disais que c'était la femme de ma vie.

Raffin aimait les héros entiers, détachés, et dont l'histoire finit tragiquement. Ceux qu'une fausse accusation a envoyés au bagne ou ceux qui reviennent de la guerre vaincus, meurtris et qui, vieux, ruinés, trahis, n'ont de cesse qu'ils ne recouvrent leur honneur et leur dignité. Leur destin touchait notre maître ; pour lui, malheureusement, nous n'étions pas de bons lecteurs ; on trébuchait sur les mots, on ânonnait, on reprenait, ce qui ôtait tout son charme à la lecture et irritait Raffin, même s'il connaissait le livre par cœur.

Ce jour-là, Ariel lisait à voix haute *Les Misérables* lorsque Raffin se mit soudain à tousser. Il gagna le fond de la classe et but un verre. La toux persista et devint bientôt un râle irrépressible. Au froissement de sa blouse, on devina qu'il s'était assis. Par instants, il cognait sur la table afin, sûrement, d'aider son souffle rauque à lui dégager les poumons. Le ciel descendait à vue d'œil. Il allait bientôt tomber si bas qu'il faudrait allumer les néons. Ariel lisait ; Pierre, Jean, Monique et moi écoutions la plainte aiguë de notre maître. Il souffrait ; la toux remplissait sa bouche de glaire qu'il recrachait avec dégoût dans son mouchoir.

Jean Valjean ne savait pas que Javert l'épiait quand il se courba sous la charrue pour la soulever. Sa force herculéenne allait le trahir. Notre maître aimait particulièrement ce passage qui avait fait l'objet d'une dictée. Mais, cet après-midi-là, Raffin ne pouvait en savourer la lecture, il râlait à s'en rompre les veines du cou. Le crissement mou de sa blouse nous prévint que notre maître se levait péniblement. Il but un autre verre et éructa sans retenue. Le verre lui glissa des mains, tomba à terre sans se briser et tourbillonna avant de finir contre le mur. Un sentiment douloureux nous étreignit. Je ne suivais plus la lecture. Ariel lisait toujours ; il éleva la voix pour rappeler à Raffin ce passage poignant où Javert reconnaît Jean Valjean. Ariel, ému, lut encore plus fort, pour son maître. Mais Raffin n'écoutait pas ; entre deux souffles rauques, il gémissait comme un enfant malade. Nous n'osions nous retourner vers le fond de la salle, il nous l'avait toujours défendu. Ariel lut encore quelques pages, mais Raffin restait prisonnier de cette toux terrible qui n'en finissait pas et nous l'entendions, impuissants, se racler la gorge. Nous étions tristes et désarmés lorsque Raffin n'arrivait plus à déloger la glaire qui l'étouffait. De nouveau le froissement de la blouse grise... notre vieux maître s'asseyait peut-être. Puis il y eut un choc, comme le bruit d'un corps qui, tout à coup, tombe à terre. Ariel se tut, l'index de sa main droite sur le nom qu'il n'avait pas fini de déchiffrer : « Jean Valj... »

Le temps s'arrêta. Je n'ai jamais vécu, depuis, un silence aussi pesant. La peur gagna mon corps tout entier, au point que je voulus m'enfuir pour la laisser derrière moi. Ariel reprit la lecture : personne ne lui avait dit de fermer le livre. Je tendis l'oreille vers le fond de la classe pour tenter d'y capter un signe de vie. Pierre se redressa doucement et posa ses mains sur la table : il savait qu'il n'y avait plus rien à craindre, que nous étions vraiment seuls. Mes mains tremblaient ; aucun de nous n'osait regarder les autres. Apathiques, nous écoutions Ariel qui continuait à lire. Le temps passa. Ariel lisait toujours comme si de rien n'était. En cette journée d'hiver, l'obscurité gagna vite la salle. On n'alluma pas la lumière, Raffin ne nous l'avait pas demandé. Ariel n'y voyait plus grand-chose, ses yeux effleuraient le livre. Quand retentit enfin la sonnerie du soir, une rumeur libératrice se propagea dans les couloirs de l'école. Le chahut des élèves qui prenaient d'assaut les portemanteaux me fit lever la tête. Ils rentraient chez eux, leur journée était finie. Le silence retomba, la lumière du couloir s'éteignit. Ariel lisait encore, péniblement, dans l'obscurité de plus en plus épaisse. Il s'attardait sur certains mots en écarquillant les yeux. Les élèves qui étaient restés en étude au rez-de-chaussée quittèrent l'école à leur tour, et nous attendions toujours sagement que quelqu'un vienne nous dire de partir. Ce fut interminable pour des enfants angoissés par le silence de leur maître et qui, malgré tout, restaient bras croisés sur leur table. Ariel ne lisait plus, il ne distinguait plus les mots dans la classe obscure. De temps en temps, on entendait une porte s'ouvrir, puis se refermer dans le long couloir. Le bruit d'un seau d'eau qu'on pose à terre, un balai qui heurte le pied d'une table. Et tout cela avant que la femme de ménage n'ouvre la porte de notre classe, n'allume la lumière et nous découvre prostrés, encore là à cette heure, et qu'elle pousse un cri d'horreur en fixant le fond de la classe, avant de partir en courant, en trébuchant contre le seau qui se renversa.

Monique, la première, se retourna pour regarder le corps immobile de Raffin allongé sur le côté. Je n'eus le courage de le faire que lorsque le directeur accourut et dit :

« Vous ne voyiez pas qu'il tendait la main vers vous pour que vous lui veniez en aide ! »

Le maître était étendu contre le mur, la joue sur le sol froid, une main raide tendue vers ses élèves. Le directeur s'en prit à nous :

« Pourquoi ne m'avez-vous pas averti lorsqu'il est tombé ? Vous l'avez bien vu ? »

À son arrivée, nous nous étions levés comme il se doit. Il était essoufflé et trépignait en attendant que l'un de nous ouvre la bouche. Il ne comprenait pas notre attitude ; il eut beau tourner sur lui-même, se gratter la tête, poser de nouvelles questions, il n'obtint rien de nous. Durant tout l'après-midi, monsieur Raffin ne nous avait rien dit, rien demandé, voilà pourquoi on n'avait pas réagi. Les pompiers recouvrirent le corps et l'emportèrent sur une civière. Le directeur nous toisa des pieds à la tête, puis s'adressa à la femme de ménage qui pleurait :

« Je savais qu'ils étaient malades, mais à ce point ! »

Ensemble ils discutèrent longuement de notre attitude. Parfois le directeur désignait du doigt l'un de nous et la jeune femme se retournait pour observer l'élève en question, secouait la tête et prenait des notes dans un cahier. Ariel, Jean, Pierre, Monique et moi attendions sous le préau comme on nous l'avait demandé. Nous avions été convoqués tôt — le jour n'était pas levé et la grande porte de l'école était encore verrouillée. Puis ce fut à mon tour d'être observé, le directeur parla de moi à l'inconnue. Ils étaient au chaud dans le bureau, ils buvaient du café ; nous, sous le préau, étions la proie d'un vent glacial. J'avais la nausée familière du matin, l'angoisse journalière et les orteils engourdis. Nous n'avions pas encore échangé le moindre mot, c'est à peine si on s'était regardés. Regarder l'autre, c'était comme s'entendre dire à nouveau que nous avions honte d'être des enfants singuliers, différents. Nos cartables et nos sacs étaient entassés au beau milieu du préau. Nous tournions autour en attendant d'être conduits ailleurs, où bénéficier d'un enseignement particulier. Dans cette école, on ne pouvait plus rien faire pour nous ; c'est ce que le directeur avait dit à nos parents. Voici pourquoi on allait se retrouver bientôt tous les cinq parqués dans la fourgonnette beige de la jeune femme brune, au nez pointu, assise en face du directeur.

« C'est elle dorénavant qui s'occupera de vous. »

Le directeur nous la présenta ainsi, sans nous dire son nom. Ses yeux ne trichaient pas, il était heureux de se débarrasser de nous, même s'il ajouta :

« Je serai ravi de vous reprendre dans cette école, qui est toujours la vôtre ; plus tard. »

Plus tard. Après que cette jeune femme, habillée comme un garçon, nous aurait rendu un certain équilibre. Telle était sa mission.

Le moteur de la fourgonnette stationnée devant l'école ronronnait pour maintenir allumé le chauffage. La jeune femme salua le directeur et nous fit monter dans le véhicule. Elle s'assit au volant, lança le moteur de deux secousses du pied sur l'accélérateur et dit en nous regardant dans le rétroviseur :

« Je m'appelle Alexina et je suis votre nouvelle maîtresse. »

Elle avait un beau sourire et des cheveux très noirs, coupés court. J'avais l'impression que nous partions en promenade assis bien au chaud sur les banquettes en skaï marron. D'habitude, c'étaient de grands cars de la ville qui emmenaient des classes entières au musée ou visiter un château. Les élèves étaient excités, tout contents, avec leur petit sac de provisions et leur gourde en plastique. De la cour, on les voyait s'installer dans les cars avec leur maître quand nous, on s'apprêtait à monter en classe.

« Vous aussi, un jour, vous aurez droit à votre place dans le car », nous disait Raffin avant de nous faire signe de le suivre.

De temps à autre, Alexina se tournait vers nous et disait :

« Ça va ? »

Personne ne répondait mais elle n'était pas comme Raffin, notre silence ne semblait pas la contrarier. On vit poindre le jour, et, petit à petit, la nature se dessina autour de nous, boueuse et nue. L'air était plus vif que dans nos villes ; je m'en aperçus lorsque Alexina s'arrêta dans une station-service sur le bord de la route. Elle nous offrit à chacun un gobelet de chocolat chaud et partit téléphoner. Monique prit soin de boire entièrement le sien, puis soudain, on la vit courir entre les pompes d'essence et disparaître. Alexina fut très en colère que l'un de nous ne l'ait pas avertie de la fugue quand elle était au téléphone.

« Elle peut se faire écraser par une voiture ! Vous avez pensé à ça ? »

Nous remontâmes dans la fourgonnette et fîmes demi-tour. On rattrapa Monique. Le vent l'avait décoiffée, avait rougi ses joues, et elle était essoufflée. Alexina la fit asseoir avec nous et lui dit :

« Tes parents, tu les verras tous les week-ends ; entre-temps tu seras très bien là où on va.

— Je ne veux pas les quitter ! » dit Monique en sanglotant.

Alexina la prit par les épaules :

« Tes parents ne peuvent pas s'occuper convenablement de toi en ce moment, tu le sais ; tu ne les abandonnes pas mais tu es une enfant, tu ne peux rien faire pour eux. Tu ne dois pas culpabiliser. »

Monique essuya ses larmes à la manche de son tricot. Alexina se remit au volant. Nous arrivâmes dans notre nouvelle école à la fin de la matinée. Elle ressemblait plus à une maison bourgeoise qu'à une école communale. Elle avait deux étages et la cour de récréation était un jardin limité par des bancs de pierre grise, au milieu duquel se trouvait une fontaine gelée où l'eau devait couler de la cruche qu'un ange aux mains finement sculptées portait sur son épaule. Le vent balayait les feuilles mortes dans l'allée de gravier et sous les bancs. C'était une ancienne école privée que les bonnes sœurs avaient quittée pour aller enseigner dans une autre, plus grande et non loin de là. Alexina nous présenta à Gilberte, la cuisinière et femme de ménage. Vive et alerte, en tablier, elle nous dévisagea comme on sourit à des simples d'esprit. Nos chambres étaient situées à l'étage ; nous étions deux par chambre, sauf

Monique. Je fis équipe avec Pierre. Les douches et les cabinets étaient dans le couloir. La bibliothèque, en bas, servait de salle de classe. On était entourés de livres et la table était spacieuse et ronde. Il n'y avait pas d'estrade, pas de bureau et le tableau était incliné sur un chevalet. Le poêle à mazout tirait énergiquement, faisant écho au vent qui s'infiltrait dans les tuyaux. C'était une salle avenante, même si j'eus une angoisse lorsque Alexina prononça le mot « classe ». J'aurais eu peur dans n'importe quelle classe au monde. Alexina nous conduisit dans la salle de musique, où se trouvaient un piano et une guitare couchée dessus. C'était un endroit austère, froid, aux murs nus. On en est vite ressortis, sauf Monique, qui fixait le piano comme si elle n'en avait jamais vu. Derrière la maison, il y avait une autre bâtisse — un atelier, avec des établis, des outils accrochés au mur, des instruments, des planches et de la peinture en poudre, en tubes, en pots de toutes les couleurs. On pouvait peindre sur bois, sur tissu, sur toile et sur papier. L'atelier me plut d'emblée, j'en faisais déjà mon refuge. On traversa la cour où personne ne se moquerait de nous en nous singeant. La maison d'Alexina était située à l'extrémité du domaine, derrière une haie de thuyas. Une 4L était stationnée près de la porte du garage. On entendit la cloche d'une église ; le village n'était pas loin. Alexina nous fit face :

« Vous ne sentez pas un goût salé sur vos lèvres ? »

Nous restâmes muets, comme d'habitude. Elle répondit à notre place :

« Si ! Ce sont les embruns salés de la mer qui, poussés par le vent, parviennent jusqu'ici et collent à la peau. »

L'air content de nous l'apprendre, elle ajouta :

« Nous sommes tout près de l'océan. »

Elle écarta les bras en regardant autour d'elle :

« Et ça, c'est votre cour de récréation, votre terrain de jeux ! »

Ça, c'étaient les bois, les arbres, le ruisseau d'où l'on entendait l'eau cascader, les sentiers étroits où l'on pouvait courir, et le calme. Nous restâmes silencieux, immobiles, autour de notre nouvelle maîtresse, qui nous observait avec des yeux souriants. Moi, j'écoutais avec attention les notes qui se faisaient entendre jusque-là : Monique jouait du piano dans la salle de musique.

Alexina nous expliqua les règles du jeu : le domaine était à nous et nous pouvions y circuler à notre gré. Elle était à notre disposition pour toutes les matières scolaires, mais aussi pour les cours en atelier. On pouvait la déranger quand on le voulait, même si on avait juste envie de parler. Nous n'étions soumis qu'à une seule obligation : nous réunir tous ensemble une heure par jour, au goûter, dans la bibliothèque. On passa aux présentations ; après Ariel, Jean et Pierre, ce fut à mon tour de décliner mes nom, prénom et âge. Puis elle me dit soudain :

« Que vas-tu faire de tous ces galets ? »

Je n'y avais pas pensé et surtout je ne m'attendais pas à une telle question. Les poches de mon pantalon et de mon anorak étaient bourrées de cailloux ronds et lisses que j'avais ramassés sur le bord des allées. Je ne sus que répondre à Alexina. Ces galets, je les avais ramassés comme ça, sans intention précise. Je provoquai ainsi le premier long silence dans le groupe. Alexina attendit, souriante, les mains jointes sur ses lèvres. Je me tournai vers la fenêtre où le givre fondait sur les vitres. Au loin, on entendait un tintement de grelots, peut-être un troupeau de bovins.

« Abou ! dit Alexina d'une voix douce qui me ramena à son joli sourire. Ces galets, on les peindra de toutes les couleurs et on en fera une pyramide. »

J'avais déjà oublié sa question.

« À toi, dit-elle à Monique, qui, embarrassée, se frotta le nez et baissa la tête. Tes nom, prénom et âge ? » précisa Alexina.

Monique n'avait pas envie de parler. Elle décroisa les bras et dodelina de la tête comme si elle berçait une douce pensée. On l'observa tous dans un silence digne de la classe de Raffin. Elle était mal à l'aise et le montra en tambourinant avec ses doigts sur la table. Nous attendions ; Alexina aussi, avec une patience irritante. Monique répondit enfin pour qu'on cesse de la regarder :

« Momo.

— Bien ! dit Alexina en écartant les bras. Et tu veux qu'on t'appelle comme ça ?

— Je sais pas. Mes parents m'ont toujours appelée Momo.

— Et lorsque tu sors de chez toi, comment t'appelle-t-on ?

— La gamine du couple qui pue l'éther. »

La nuit, un silence lourd et pathétique régnait autour de cette maison-école. Dans le bidonville, au moins, on entendait les ivrognes regagner leur baraque en traînant les pieds dans les rigoles fangeuses, ou s'insulter à propos d'une partie de dominos au bistro. Parfois, un Portugais, ivre, chantait son mal du pays jusque tard dans la nuit. Et je n'oublierai jamais cet Algérien qui, après avoir bien bu, achetait de la Valstar rouge, laissait femme et enfants au lit, et déambulait, en pyjama et savates, tel un somnambule, injuriant le diable. Ses cris et ses plaintes disaient sa détresse. Pour chasser les terribles pensées qui assaillaient son esprit, c'est Dieu parfois qu'il insultait, lui reprochant de ne pas lui venir en aide. Au matin, c'était un ouvrier respectable que l'on voyait partir pour le chantier, la musette sur le dos. De la chambre que j'occupais avec Pierre, on entendait le mugissement lancinant de l'océan, dont l'immensité nous renvoyait à notre propre néant. Le vent grondait et pliait tout sur son passage. J'imaginais les ondulations des vagues qui, peu à peu, s'approchaient de la côte, s'élevaient très haut puis venaient se rompre contre les rochers dans un fracas assourdissant. Après le choc, des milliards de petites bulles naissaient à la surface de l'eau et formaient une épaisse écume blanche à l'odeur âcre. Les bulles libéraient une à une l'embrun que le vent repoussait jusqu'à nos lèvres. Entre nos deux lits, une petite table de chevet était recouverte d'un napperon à carreaux rouges où était posée une lampe avec un abat-jour en toile. Assis sur son lit le dos contre le mur, Pierre dodelinait en feuilletant un vieux *Salut les copains* et en fredonnant les paroles d'une chanson imprimées dans la rubrique « Variétés ». Allongé sous la couverture, j'attendais que Pierre s'endorme pour éteindre la lumière. Mais il s'endormait toujours en laissant la lampe allumée et, en plus, il dormait l'œil ouvert. Il me fut difficile, au début, de trouver le bon moment pour appuyer sur l'interrupteur sans le gêner. J'attendais qu'il s'allonge, que son souffle devienne ronflement, et j'éteignais la lampe. Il m'était déjà arrivé de me lever sur la pointe des pieds et d'aller observer de près un être qui dort l'œil ouvert. Je passais ma main sur ses yeux, Pierre ne voyait rien. Ses yeux ne clignaient pas, et, selon la force de l'émotion qu'il éprouvait dans son rêve, l'œil tressaillait ou restait fixe. Une nuit, croyant qu'il dormait, j'avais éteint la lampe. Mais Pierre s'était brusquement rassis sur son lit et l'avait rallumée.

« Tant qu'il y a de la lumière sous la porte, personne ne s'approchera », m'avait-il dit en me fusillant du regard.

Puis il s'était recouché ; dans la chambre voisine Monique toussait. Je m'endormis avec une maigre consolation : j'étais moins poltron que mon camarade.

Le matin, on prenait ensemble le petit déjeuner dans la cuisine, autour de la grande table. Son bol à la main, attentive à nos moindres gestes, Alexina souriait, amusée par notre silence. Bien que déjà habituée à nous, elle était encore étonnée de voir l'un de nous se lever et faire le tour de la table pour prendre le sucrier ou autre chose, alors qu'il lui suffisait de le réclamer. Allez faire parler des enfants dont les nuits sont habitées par des cauchemars ! Chacun, ensuite, lavait ses couverts et allait où bon lui semblait. Monique découvrait les arbres ; elle grimpait sur un hêtre et tentait d'en atteindre la cime. Lorsqu'elle était essoufflée, elle s'asseyait sur une branche et scrutait l'horizon et, les mains dissimulées sous son tricot, des yeux elle cherchait l'océan. Moi, j'allais à l'atelier, où Alexina nous enseignait la technique de la peinture. J'aimais fabriquer les toiles en commençant par le cadre. Les doigts gourds, car l'atelier n'était pas chauffé, je prenais plaisir à planter délicatement les petits clous fins sur le bord de la toile étirée, puis à l'admirer, solidement tendue, sans rides, prête à refléter mon humeur. Ariel préférait dessiner avec de l'encre sur du tissu ; attirés davantage par le bois que par la peinture, Pierre et Jean étaient dans le coin menuiserie, mais de temps en temps ils peignaient lorsque Alexina le leur demandait. Nous portions des sarraus et avions chacun notre chevalet. On ne voyait pas passer la matinée. L'après-midi, on allumait du feu dans la cheminée de la bibliothèque et on s'asseyait autour. Nous feuilletions des illustrés et Alexina nous observait tout en lisant un gros livre de sciences. Monique fixait les flammes qui dansaient dans l'âtre. Le crépitement des bûches, la douce chaleur, l'odeur des cendres bientôt m'engourdissaient et je m'endormais dans le fauteuil en toile.

C'était toujours Monique qui me réveillait ; elle apprenait le piano avec Alexina dans la salle voisine. Je savais alors qu'il était trois heures de l'après-midi. Pierre, Jean et Ariel avaient disparu. Ils jouaient certainement au ballon dans le pré. Je restais près du feu. Monique pianotait et j'entendais aussi la voix d'Alexina qui entonnait le refrain d'une chanson très douce.

« Où as-tu appris à jouer du piano ? lui demanda un jour Alexina.

— En rêve ! » répondit aussitôt Monique.

Puis elle étouffa un rire en mettant la main sur sa bouche.

« Comment ça ? fit Alexina.

— Souvent, la nuit, je rêve que je joue du piano et je retiens les airs et la manière de les jouer avec mes doigts sur les touches.

— Tu as un piano chez toi ? dit Alexina.

— Non, répondit Monique. L'après-midi, je cours jusqu'à la Maison des jeunes pour être la première à l'ouverture ; Jean-Michel, l'animateur, sait que je viens pour le piano. Là, je joue de mémoire les airs que j'ai rêvés.

— Ça marche à tous les coups ? fit Alexina, étonnée.

— Il y a des fois, je ne me souviens plus de la position de mes doigts sur le clavier mais avec les notes que je retiens plus facilement, j'arrive à rejouer tout mon rêve. »

Elles rirent toutes les deux.

« Et la chanson que tu viens de me jouer, tu l'as aussi apprise en rêve ?

— Non, dit Monique, je l'ai entendue à la radio ; depuis que j'ai appris la musique dans mes rêves, j'arrive à interpréter beaucoup de chansons ; je connais les notes qui se cachent sous les touches du clavier.

— Joue-moi encore un air de tes rêves, demanda Alexina.

— Celui que je joue le mieux, c'est celui-là », dit fièrement Monique.

Elle se mit à jouer une musique difficile à retenir, à fredonner ; ni refrain ni jolie mélodie ; mais essentiellement des sons graves, lourds, qui rappelaient le mugissement du vent en colère qui joue à soulever des vagues plus hautes que la dune et les souffle violemment contre les rochers. Il y avait de la pluie dans les sons qui naissaient sous les doigts de Monique, une vraie tempête, la même qui s'abattait en rafales sur la tôle ondulée du bidonville et arrachait les toits. Il y avait des cris d'horreur, des plaintes, des larmes dans ce piano. Elles évoquaient des images douloureuses de mon enfance, du sang, des bruits de bottes, des rafales de mitraillettes...

Je sortis, vite, très vite, avant que ne ressurgissent d'autres images enfouies en moi que je n'avais pas envie de revoir.

Dans la cour, je croisai Vincent, jardinier et homme à tout faire dans le domaine, qui élargissait une rigole d'écoulement. Gilberte, la cuisinière, le surnommait Vincente, à l'italienne. Il devait avoir dans les dix-huit ans et attendait d'être appelé au service militaire parce qu'il n'était pas fait pour les études. Il fumait beaucoup, des cigarettes à papier jaune.

« Ce n'est pas un paysan madré mais il est vaillant », disait de lui Gilberte à Alexina.

Alexina souriait.

Je me dirigeai vers l'atelier en espérant que personne ne viendrait me rejoindre. Je m'assis devant mes pinceaux, ma palette et ma toile. J'étais à la recherche d'une couleur carminée, mais moins vive que celle qu'il y avait dans le tube. Cela faisait deux après-midi que je recherchais des nuances. Sur le rouge carmin j'ajoutai une pointe de noir ou de marron, même du violet, mais sans obtenir le ton que je voulais. Alors, je testai toutes les couleurs qu'il y avait sur la table, mais aucun mélange avec le carmin ne me satisfaisait. Lorsque, enfin, je pensai avoir saisi la teinte sur la palette, ce fut une déception sur la toile. Alexina était venue me chercher et nous rejoignîmes Pierre, Ariel, Jean et Monique dans la bibliothèque. Nous nous assîmes autour de la grande table ronde en face de la maîtresse, qui désirait entendre nos impressions sur cette première semaine passée ensemble. Aucun de nous ne se précipita pour lui répondre. Alexina laissa le silence s'installer jusqu'au malaise. Nos inhibitions refirent surface. Pierre se recouvrit la tête de ses bras. Ariel dissimula sous la table ses mains qui se remettaient à trembler. On entendit grincer les mâchoires de Jean. Monique, comme chez Raffin, se mit à regarder par la fenêtre. Quant à moi, je ne cessai pas de me racler la gorge. Depuis quelques jours Alexina essayait de gagner notre confiance par petites étapes, des questions courtes, « Ça va ? Comment ça se passe ? » ou « Tu n'as rien à dire ? ». On répondait oui ou non, en hochant la tête. On discutait un peu à l'atelier, en promenade, pendant les repas, mais c'était peu et chacun évitait de parler de soi. Alexina aurait bien voulu que nous commencions nos phrases par « Je » de temps en temps. Même Monique, qui s'appliquait en cours de piano, devenait muette lorsque Alexina la désignait du doigt. C'est Alexina qui rompit le silence :

« Voici l'histoire d'une petite fille de votre âge, il y a quelques années. Elle s'appelait Bulle. Tous les ans, à Pâques, ses parents l'emmenaient changer d'air, loin de la ville, chez son grand-père Antoine qui, depuis la mort de sa femme, vivait seul dans un petit village en Ardèche. Antoine était très vieux, mais gardait assez d'énergie pour être aux petits soins avec Bulle, et ses parents la lui confiaient sans crainte. Durant ses vacances, Bulle avait ses habitudes ; quand elle voulait être seule, elle montait au grenier de la maison, où elle rangeait ses livres, ses cahiers, ses jeux. Si elle avait envie d'aller courir avec d'autres enfants de son âge, elle les rejoignait sur le terrain de basket derrière l'école. Elle rentrait épuisée, prenait sa douche et se mettait à table pour un délicieux goûter ; Antoine y veillait et Bulle adorait ses attentions. Un soir, deux jours après l'arrivée de Bulle, alors qu'ils dînaient, Antoine dit brutalement à sa petite-fille :

« J'ai attendu que tu viennes pour mourir. »

Bulle était trop petite pour comprendre. Elle posa ses couverts et dit à Antoine :

« Tu vas mourir, grand-père ? »

Il prit les mains de Bulle, les caressa et lui répondit oui. Les prunelles de ses yeux disaient qu'il était triste car elles brillaient.

« Je ne suis pas triste de mourir, je suis triste de souffrir.

— Tu souffres beaucoup ? lui dit Bulle, en larmes.

— Ça fait très mal et tout le temps. »

Elle se leva et alla se blottir contre son grand-père.

« Les médecins m'ont proposé de mourir à l'hôpital ou d'engager une infirmière à domicile, j'ai refusé parce que je savais que tu allais venir et que toi, tu m'aiderais mieux à partir. Toi. »

Et il l'embrassa sur le front. Le grand-père ne lui laissait pas le choix ; il avait déjà tout décidé. Bulle n'avait plus qu'à assister à ses dernières souffrances.

« Tu apprendras plus dans ma mort que dans toute la vie. La mort fait partie de la vie, comme tout... »

La lassitude empêcha Antoine de continuer. Bulle sanglotait dans le cou du vieil homme. Elle n'acceptait pas la mort de son grand-père, même si celui-ci, pour la réconforter, lui dit avec difficulté que les fruits doivent quitter l'arbre, que les fruits, même ceux qui n'ont pas été ramassés, ont donné, aidé ; que la vie est une saison, que la mort n'est pas une punition... Bulle le coupa :

« Non, grand-père, je ne veux pas que tu meures ! »

Le soir même, Antoine lui apprit à faire les piqûres. Elle lui injectait un produit bleuâtre dans l'épaule, le matin, à midi et le soir.

« Ça soulage drôlement », disait Antoine au bout de quelques minutes.

Bulle n'avait plus le cœur, ensuite, d'aller rejoindre ses camarades de jeux sur le terrain de sport. Elle aidait Antoine à faire le ménage, les courses, les lits, changeait les draps et, l'après-midi, elle restait dans le jardin avec son grand-père. Elle arrosait les fleurs, les plantes, lisait beaucoup en épiant chaque réaction d'Antoine. Elle ne pensait qu'à la mort. Le cœur serré, elle perdit sa gaieté, sa légèreté de petite fille. Les cris et les rires de ses camarades de jeux qu'elle entendait du jardin lui paraissaient désormais futiles; elle se sentit plus âgée que ces enfants-là, elle ne jouerait plus jamais avec eux.

Antoine couvrit Bulle de cadeaux. Ils dînèrent un soir dans un restaurant parce qu'on y servait de délicieux desserts. La vie s'écoula doucement dans les jours qui suivirent. Les pilules et les piqûres faisaient leur effet sur l'organisme du grand-père, il ne souffrait pas, il conduisait même la voiture quand il sortait avec Bulle. Sa maladie ne transparaissait pas durant la journée; il était faible mais c'était l'âge. Bulle crut que, grâce à elle, à sa présence, son grand-père guérissait, elle se prit à l'espérer.

Un matin — il ne lui restait que trois jours de vacances —, Bulle préparait la première piqûre lorsque son grand-père l'interrompit :

« Non, petite, j'arrête tout », dit-il d'une voix lasse.

Il montra la poubelle; elle débordait de médicaments qu'il venait de jeter. Antoine se remit au lit.

« Va jouer avec tes camarades. »

Bulle refusa sans vraiment lui répondre. Sa gorge se noua. La douleur l'assaillit. Elle comprit que son grand-père avait décidé de mourir. Elle alla faire sa toilette, se changea et revint s'asseoir à son chevet. Elle guettait le souffle d'Antoine, s'attendant qu'il gémisse ou qu'il tousse, comme les malades ; mais rien de cela ne se produisit. Elle alla tirer les rideaux de la fenêtre, et laissa le soleil entrer dans la chambre. Les camarades de jeux de Bulle passèrent à vélo en criant devant la maison. La petite fille ne leva pas la tête, tourmentée par une pensée terrible : à quoi bon vivre si l'on souffrait autant ? Elle ne se souvint pas d'avoir été un jour aussi triste. Le téléphone sonna : ses parents. Bulle leur dit que tout allait bien et qu'Antoine bêchait dans le jardin. Elle respectait les vœux de son grand-père et, pour éloigner les soupçons, sortit faire les courses comme d'habitude. Elle acheta le journal, le pain et remplit le petit panier à la supérette.

Au fil des heures, la douleur d'Antoine augmentait. Parfois il se plaignait, gémissait en serrant les poings. Il se tordait sous la couverture et aucune position ne le soulageait. Bulle ne pouvait que lui éponger le torse, le front ou lui caresser les bras. Elle ne pleurait pas, elle n'avait plus de larmes. Elle se mit à détester la vie, si cruelle. Elle découvrit aussi la solitude. Le grand-père parla, il délirait, les yeux grands ouverts, comme un possédé. Bulle pensa à la folie. Il hurlait parfois assis sur son lit, le corps luisant de sueur.

Terrifiée, elle reculait alors, prête à s'enfuir, mais elle ne le fit pas. Son grand-père se calma enfin ; il s'endormit. Le lendemain et le jour suivant, Antoine eut peu de moments de lucidité. Il refusa toute nourriture, toute assistance. Bulle veillait ce corps déjà raide et ne reconnaissait plus les yeux exorbités et vides d'Antoine qui fixaient le plafond. Dans son délire, il fredonna quelques couplets d'une berceuse italienne et versa des larmes. Parvenu au degré le plus haut de la souffrance, il pria. Bulle pleura un peu, elle tourna autour du lit. Sa salive était amère et elle aurait voulu partager la douleur d'Antoine. Elle s'assit sur le parquet froid, y resta tout l'après-midi. Elle ne se nourrissait plus et n'avait plus envie de rien. Assiégée par de sombres pensées, elle qui était d'une nature gaie se surprit à se raconter des histoires tristes dont elle était l'héroïne. Le désespoir la gagna. Elle s'habitua au souffle rauque d'Antoine, à ses râles étouffés, à son délire. Sentant venir la mort, Bulle avait posé sa main moite et tremblante sur la poitrine flasque du grand-père pour percevoir ses ultimes battements de cœur. Il mourut dans la nuit. Un frisson glacé traversa l'échine de Bulle et elle se raidit, le souffle coupé. Elle fixa sa main qui ne bougeait plus sur la poitrine de son grand-père. Elle ne songea ni à crier, ni à pleurer, ni à prévenir les voisins. Elle veilla le corps jusqu'aux premiers rayons du soleil. Cette lumière venue du jour la dérangea ; Bulle ferma les volets et débrancha le téléphone. Elle décida de se cloîtrer avec Antoine. Lorsque la police et les pompiers forcèrent la serrure et pénétrèrent dans la maison, ils la découvrirent, allongée sur son lit, nue, qui laissait couler sur son ventre la cire brûlante d'une chandelle allumée. On l'hospitalisa. Durant des mois, elle ne fit que pleurer et ne parla à personne. »

Alexina se tut et nous fixa longuement, Monique, Ariel, Jean, Pierre et moi. L'émotion avait rempli sa gorge de larmes. Elle reprit son souffle :

« Bulle a accompagné dans la mort un être qui lui était très cher sans y être préparée et cette terrible épreuve la traumatisa. Par deux fois elle tenta de se suicider, à l'hôpital et chez ses parents. Son calvaire dura un an. Ce n'est qu'en racontant peu à peu, minutieusement, heure par heure, cette horrible semaine de Pâques à son entourage que Bulle se libéra progressivement. Maintenant elle va mieux, et, comme vous certainement, elle a froid aux pieds dans cette salle humide, mais elle est ravie d'être là, avec vous. Bulle, c'est mon second prénom. »

Alexina se leva en retenant ses larmes et nous laissa, assis, silencieux. J'observai mes camarades et, pour la première fois depuis que nous vivions ensemble, je lus dans leurs yeux autre chose que ce détachement habituel que nous affichions à chaque conversation. Comme si cette fois, enfin, chacun avait pensé à lui-même.

Un vendredi soir, après le dîner, Alexina nous emmena au cinéma du village. Malgré le froid, nous étions détendus et presque heureux d'être ensemble et de marcher sous la lune. On croisait des voitures dont les phares nous aveuglaient. Alexina n'était pas un de ces éducateurs qui entonnent des chansons de scouts pour égayer la marche. Elle chantait pour elle, d'une voix fluette et aiguë, des chansons de vieux. Encadré d'un néon rouge vif, le fronton du cinéma affichait *Le Colosse de Rhodes*. On était dans une campagne sombre et paisible, et, au coin de cette rue, dans ce petit village, toutes ces photos soudain, ces affiches, cette lumière, la foule mirent mon cœur en joie. C'était magique. Nous étions comme des papillons de nuit qui s'affolent sous une lampe. Alexina nous demanda d'avancer le prix de la place sur notre argent de poche. Je m'empressai de lui dire qu'il n'était pas nécessaire d'acheter six places, que quatre suffiraient. J'achetai alors quatre places à la caisse et revins vers le groupe qui m'attendait dehors. Je leur montrai ma combine : plier vers l'intérieur les morceaux détachables de deux tickets et mettre ces deux tickets entre les deux autres tickets dont on ne plie pas les bouts détachables qui reviennent à l'ouvreuse, aligner soigneusement les tickets les uns sur les autres, et présenter les quatre tickets à l'ouvreuse, les bouts détachables vers elle de sorte qu'elle les compte par le dos. Après avoir compté les tickets, l'ouvreuse détache alors les petits bouts qui lui reviennent sans s'apercevoir que les deux tickets du milieu ont leur bout plié vers l'intérieur et qu'elle n'en récupère que deux. Ceux du milieu restent intacts.

Alexina refusa d'entrer dans la combine.

« C'est très malin, mais c'est de la triche. »

Bien que cela la fît rire un peu, elle tenta de me faire renoncer.

« Si, Madame, dit Pierre. Juste pour voir si ça marche.

— Non ! »

On finit par la convaincre.

« Je vous attends ici, je n'entre pas avec vous.

— Moi aussi », dit Monique.

Je présentai à l'ouvreuse les quatre tickets ; Ariel, Jean et Pierre me suivirent avec autant de crainte que de jubilation. L'astuce, comme d'habitude, fonctionna, comme si l'ouvreuse était ma complice. Nous entrâmes dans la salle, d'où je ressortis aussitôt, discrètement, pour restituer à Monique et à Alexina les deux tickets restés intacts. Elles nous rejoignirent non sans méfiance et, lorsqu'elles furent assises, Alexina ne put s'empêcher de pouffer, ce qui déclencha le fou rire dans le groupe.

Le samedi, Alexina nous accompagna à la gare. On rentrait chez nous le week-end, et il fallait qu'on apprenne à voyager seuls. Dès le lundi, notre carte de voyageur en poche, on devait la retrouver à cette gare. Elle nous répéta l'itinéraire et les horaires. Momo trépignait. Son visage était fermé. Le vent vif qui soufflait sur le quai sans abri avait rosi ses joues, ce qui lui donnait bonne mine mais ne cachait pas son émotion. Elle avait hâte de retrouver ses parents tout en le redoutant. Les mains enfouies sous son tricot, elle se cala au bout de la banquette du compartiment et, durant tout le trajet, dodelina en regardant la campagne.

Le train s'arrêtait à toutes les gares et chaque fois Ariel se levait et disparaissait dans le couloir. Comme il prenait son sac, je pensais qu'il s'apprêtait à fuguer. Mais le train repartait et Ariel revenait s'asseoir près de nous. L'histoire de Bulle et de son grand-père me revint à l'esprit. Je savais qu'Alexina s'était confiée afin de nous amener à parler de nos expériences les plus pénibles. C'était sa méthode, et une expérience sincère puisque durant son récit, émue, elle avait dû à plusieurs reprises s'interrompre pour dénouer sa gorge serrée. En observant mes camarades dans ce compartiment, je me demandai ce qu'ils pensaient d'Alexina.

Ariel dit à Pierre assis face à lui :

« Tu reviens, toi, lundi ? »

Surpris, Pierre répondit :

« Ben oui, hein, sinon on coupe les allocs à ma mère. »

À la gare Saint-Lazare, Jean nous fit découvrir un endroit merveilleux : la salle des pas perdus. Immense et propice à l'écho, on en fit une cour de récréation, bousculant la foule dans nos élans, faisant résonner nos cris jusqu'aux hauts plafonds. Puis Monique, qui, seule sur le quai, guettait notre train, vint nous rameuter.

Au fil des jours, Alexina comprit que les séances d'expression collective qu'elle nous imposait autour de la grande table nous étaient pénibles. Oui, non, je ne sais pas : on se dérobait à ses questions. En réponse à ses allusions sur notre comportement on éludait, gênés et bloqués. La patience de la maîtresse m'étonnait. Elle travaillait sans relâche, ne laissant aucune prise au silence. Elle nous observait comme le pêcheur fixe son bouchon sur l'eau, prêt à le ramener à la surface à la première secousse. Le jeu consistait à éviter son regard aigu. En regardant mes camarades à la dérobée, je reconnaissais ma propre incapacité à m'exprimer en groupe, le même silence que lorsque Alexina nous demandait de décrire les tableaux que nous avions peints. Ce jour-là, Alexina attendit longtemps avant d'entendre les explications de Pierre sur la raison qui nous avait poussés à nous battre.

« Ils m'énervent.

— Pourquoi ? »

Pierre resta muet, les mains sur la tête.

Jean répondit, l'œil en biais :

« Dès qu'il perd au foot, il devient méchant et il nous appelle youd et négro, Ariel et moi. »

Alexina ne cacha pas sa colère. Elle observa longuement Pierre, qui partit en répétant :

« Je m'en fous, je m'en fous ! »

Après le départ de l'accordeur, Monique se mit à jouer, heureuse d'entendre enfin des notes justes et cristallines sortir du piano. J'étais dans mon fauteuil devant la cheminée de la bibliothèque. Alexina passa derrière moi et alla rejoindre Monique. Je l'entendis lui dire :

« Si tu veux apprendre à lire la musique, je peux te retranscrire tous les morceaux que tu interprètes. »

Alexina avait pris l'habitude d'enregistrer sur magnétophone les airs que Monique jouait au piano afin de les étudier avec elle.

« C'est aussi bien comme ça, avait répondu Momo.

— Pourquoi viens-tu de jouer quatre fois de suite ces notes-là et seulement trois fois tout à l'heure ?

— Parce qu'il y a des jours où je ne me souviens pas très bien de mon rêve. Tout dépend où je me trouve lorsque la musique naît dans mon rêve ; si je suis dans un couloir sombre et silencieux, je me souviens de toutes les notes ; si c'est dans la rue où il y a la foule et beaucoup de circulation et qu'en plus je cours vite, que je suis essoufflée parce que j'ai peur d'être rattrapée, j'oublie la moitié de la musique qui accompagne mon rêve.

— Et par qui crains-tu d'être rattrapée lorsque tu te sauves ? »

Il y eut un silence. Je me demandai à ce moment-là si Momo fixait le clavier ou si elle regardait Alexina.

« Des ombres, de grandes ombres qui se reflètent sur toute la hauteur des immeubles ; elles ont des chapeaux et des pardessus trop grands et elles ne courent pas, elles avancent à pas de géant et moi, je ne peux pas courir comme je voudrais ; je me sauve comme au ralenti ; j'étouffe, j'ai mal ; je me sens lourde comme si mes chaussures étaient scotchées au goudron, et, dans la foule, personne ne me remarque, personne ne m'aide ; les gens vont comme des automates, sans sentiments, ils ne voient même pas les ombres qui m'en veulent et me poursuivent. »

Pan ! Soudain, on entendit un coup de feu. Je me levai brusquement. La stupeur gagna aussi la salle de musique. Je n'entendis plus Momo, ni Alexina, ni le piano. J'allai jusqu'à la fenêtre ; une brume épaisse couvrait la pointe des arbres et, après le coup de feu, le silence n'en fut que plus pesant.

« C'est à moi ! hurla Monique, qui traversa si vite le couloir que je vis à peine son visage. C'est à moi ! » cria-t-elle, très en colère.

Alexina apparut derrière elle, affolée.

« Quoi ? Qu'est-ce qui est à toi ? »

Alexina craignait qu'il n'y ait eu un accident, je le lisais dans ses yeux. Elles sortirent de la maison et se précipitèrent vers le terrain de jeux. Je les suivis ; je courais plus vite qu'elles ; je les rattrapai toutes les deux à l'orée du pré. Puis elles cessèrent de courir et se mirent à marcher, fixant avec terreur le même endroit. Tendue, Alexina allait d'un pas chancelant. Sa démarche hésitante me surprit, je la croyais forte. Elle tendit une main tremblante vers l'endroit qu'elle fixait et hurla :

« Pierre ! »

Plus qu'un appel, c'était une terrible injonction. J'eus peur sans savoir pourquoi. Alexina était comme paralysée ; à côté d'elle, Momo trépignait de colère. Puis, en avançant derrière elles, je vis enfin au milieu du pré, là où nous posions d'habitude nos manteaux pour signaler la place du goal, Jean et Ariel qui marchaient à reculons, et Pierre, qui braquait sur eux un pistolet. Il serrait des deux mains l'arme tendue à la hauteur des yeux de ses camarades.

« Qui rigole maintenant, hein ? Qui rigole ? » répétait-il.

Ce n'était pas une blague, je le compris d'emblée. Le doigt de Pierre tremblait sur la détente.

« Il est à moi, ce pistolet ! » se plaignit Momo en regardant Alexina.

Elle était en colère et alla, d'un pas déterminé, récupérer son arme. En chemin, elle insulta Pierre et se moqua de lui parce qu'il ne savait pas tenir un flingue. Elle était culottée. Alexina, affolée et maladroite, bégaya :

« C'est un vrai... un vrai pistolet ? »

Personne ne releva cette question absurde, sinon Momo qui, sans se retourner, marmonna fièrement :

« C'est pas avec un pistolet à eau que papa fait ses braquages ! »

Pierre brandissait l'arme et jouait avec la peur d'Ariel et de Jean. Jean tendait la main devant le canon pour se protéger. Ariel, lui, jouant à celui qui n'avait pas peur, narguait Pierre :

« T'as rien dans les couilles, c'est comme dans ta tête, tu tireras pas ! »

Alexina comprit enfin que l'arme n'était pas du toc et cria :

« Ariel, ne le provoque pas, il ne t'a rien fait ! Calmez-vous, les enfants ! »

Momo cria :

« Je veux mon pistolet ! Tu vas me le rendre, grand con ? »

Pierre continuait d'avancer sur ses camarades en les tenant en joue. Le sourire narquois d'Ariel l'agaçait, il aurait tant aimé voir son camarade le supplier. Jean retenait son souffle.

« Pierre, donne-moi cette arme ! » s'écria Alexina.

Pierre s'arrêta enfin et se tourna lentement vers nous. Il regarda Momo, qui était près de lui, puis il leva les yeux sur Alexina et moi. Nous étions tous immobiles et silencieux et la brume épaisse nous piquait les yeux. L'arme de Pierre allait de l'un à l'autre. Lorsqu'elle fut pointée sur moi, un frisson m'envahit.

« Barrez-vous ! cria Pierre.

— Donne-moi mon pistolet ! dit Momo.

— Ta gueule ! » répondit Pierre.

Il agitait nerveusement l'arme vers nous et nous fit reculer. Il avait l'air vexé, désabusé, les yeux humides. Alexina, voyant son désarroi, se mit à avancer vers lui. Il braqua le pistolet sur elle. Plus elle se rapprochait, plus le bras tendu de Pierre tremblait. Elle marcha jusqu'à se trouver à bout portant de l'arme. Le canon effleurait son front. Pierre et Alexina se fixèrent longuement. Une larme coula du coin de l'œil du garçon à sa bouche tremblante. Il grimaça de douleur. Alexina leva une main pour saisir le pistolet. Pierre recula ; il recula encore en faisant semblant de tirer sur nous. Lorsqu'il fut loin de nous, il leva le bras au ciel et appuya sur la détente. L'explosion chassa les moineaux vers le pré en pente. Pierre jeta l'arme vers la rangée de hêtres et s'enfuit. Momo courut la récupérer. Alexina la suivit et lui ordonna de la lui remettre.

« Pierre est entré dans ma chambre et il a fouillé dans mon sac ! » pesta Momo.

Elle remit l'arme à Alexina. Et je me souvins

de monsieur Raffin, lorsqu'il avait tenté de prendre de force le cartable de Momo pour en connaître le contenu mystérieux. Elle l'avait serré si fort contre elle que Raffin, penaud, avait renoncé.

« Il faudra me le rendre, le pistolet, Madame, il vaut cher, dit Momo à Alexina. Tant que je le cache sur moi, papa ne fera pas de bêtises avec, il n'ira pas en taule. »

C'est avec Pierre qu'Alexina commença son travail le plus difficile. Pourquoi lui ? Pensait-elle qu'il avait plus de problèmes que nous ? Elle réussit à l'isoler dans le garage, une grange en bois moisi qui grinçait de toutes parts sous la poussée du vent et abritait les outils de jardin, brouettes et vieux vélos et deux barques retournées contre le mur.

« Va dans le garage, dit-elle à Pierre, il y a une table de ping-pong qu'il faut nettoyer ; on l'installera ensuite dans la salle de musique. »

Soulagé, Pierre quitta l'atelier où nous étions tous : il préférait aller bricoler ailleurs que traîner dans l'atelier de peinture. Depuis quelques jours, il ne parlait plus, ne touchait pas à un pinceau ni à un morceau de bois ; il tournait autour du poêle avec un air renfrogné.

« Je vais l'aider, M'dame, dis-je à Alexina.

— Non, Abou, reste ici, j'y vais moi-même ! » dit Alexina, contrariée.

Je fis le sourd et courus rejoindre Pierre. Je le

trouvai en train de rabattre deux grands volets verts poussiéreux penchés contre le mur. Il me fixa avec son air bourru et dit :

« Qu'est-ce que tu veux ?

— Rien. T'aider, c'est tout », dis-je.

Alexina arriva à son tour, referma la porte derrière elle et, sans me cacher que ma présence gênait, me dit :

« Les raquettes et les balles sont dans ce fouillis, là-bas ; il n'y a pas de lumière, mais tâche de les trouver. »

Elle m'envoya au bout de la grange, vers un fouillis de cartons, de bâches rapiécées, de cageots débordant d'outils, d'accessoires. Je me sentis bien dans cette semi-obscurité, loin des autres, et ne me pressai pas de trouver ce que j'étais venu chercher. Alexina dépoussiérait les tréteaux sur lesquels on allait poser la table de ping-pong. Elle avait mis des gants et se servait d'un gros pinceau. De temps en temps, elle tournait la tête en grimaçant pour ne pas respirer la poussière âcre et épaisse. Pierre, un torchon sale à la main, nettoyait la table qu'il avait réussi à déplier et à coucher sur le sol. Je m'étais assis sur un tonneau métallique derrière l'escalier étroit qui menait au grenier. De là, dans l'intervalle des marches, je voyais Alexina qui ne cessait d'observer Pierre. Le regard grave, elle brossait machinalement les tréteaux. Elle allait dire quelque chose de terrible à Pierre, cela se voyait. Je le ressentis si fort que je me recroquevillai sur moi-même, comme si elle allait s'adresser à moi.

« Je sais que dans l'affaire Gaétan et Olivier, tu as agi délibérément », dit-elle enfin à Pierre.

Elle lui parla doucement comme une mère en train de repasser le linge près de son enfant qui, allongé sur la moquette, joue à colorier ses dessins.

Le garçon sursauta contre la table de ping-pong. Ces mots lâchés tel un coup violent sur les reins l'avaient secoué. Abasourdi, Pierre laissa son front retomber contre la table verte, froide et balbutia :

« Quoi ?

— Je sais que pour Gaétan et Olivier, tu l'as fait exprès », dit Alexina avec une froideur qui me choqua.

Pierre souffrait et elle ne montrait aucune compassion. À genoux, replié sur lui-même, il ramena les mains sur ses tempes et se couvrit le visage. Il râlait sourdement, les lèvres contre la table.

Il se mit à baver. Son corps se balançait au rythme de ses plaintes. Alexina se sentit mal à l'aise. Pierre se cognait le front contre la table. Il râlait. Soudain, il bondit sur Alexina, et la fit basculer sur la planche. Il essaya de l'immobiliser en se couchant sur elle. Mais elle était plus forte que lui, elle le repoussa. Il serra les dents, il avait envie de faire mal, ses yeux étaient fiévreux. Ils étaient à genoux, face à face, et se fixaient.

Pierre tremblait de partout. Les poings serrés, il lui cria :

« Qu'est-ce que t'en sais, toi, salope ! »

Elle ne broncha pas, restant sur la défensive. Il continua en pleurant :

« Et, en plus, qu'est-ce que ça peut te faire ?

— Ça me fait que je veux t'aider.

— Je ne veux pas ! »

Il recula et lui tourna le dos. Il y eut un long silence durant lequel Pierre laissa couler ses larmes. Alexina voulut aller vers lui, il l'arrêta d'un signe de la main. Il sourit plein d'amertume :

« Eux aussi ils voulaient toujours m'aider, à faire mes devoirs, à être un enfant bien élevé, instruit, et tout le bazar. Ils me disaient : "C'est ta maman qui nous l'a demandé." À leurs yeux, j'étais un nul, tous, maman, eux et leurs parents. »

Il fit demi-tour et fixa Alexina. Il laissa tomber son bras.

« Vous voulez savoir ce qui s'est réellement passé ? »

Elle dit oui avec beaucoup de compassion dans les yeux, imaginant déjà la souffrance terrible que Pierre allait revivre pendant son récit.

« Ils ont tous dit que ce n'était pas ma faute... que Gaétan et Olivier s'étaient égarés seuls dans la forêt. Je ne voulais pas me promener avec eux, ils étaient plus jeunes que moi et leurs manières m'énervaient. Puis il s'est mis à neiger. Gaétan et Olivier ont commencé à jouer avec les premiers flocons. Je les regardais de loin. Ils riaient en shootant sur les flocons qui étaient de plus en plus gros. En un rien de temps, il neigeait si fort que le sol est devenu tout blanc et que je ne les voyais plus ; la neige qui tombait était comme une barrière froide et blanche entre eux et moi. On ne distinguait plus les chemins et les sentiers et j'ai pensé leur faire une blague. J'ai couru jusqu'au croisement du Refuge des Chamois et j'ai tourné le sens des pancartes, notamment celle qui indiquait la route du village. Je me suis caché derrière un sapin et j'ai attendu. Gaétan et Olivier ont crié, ils m'ont appelé. Je n'ai pas répondu ; je les guettais. Ils sont arrivés au croisement du Refuge des Chamois et ils m'ont encore appelé ; ils avaient peur. À ce moment-là, j'étais content qu'ils pleurent d'inquiétude, j'ai même ri, car j'ai pensé qu'ils allaient découvrir la blague. Ils ont fait le tour du croisement en essayant de lire les pancartes. Ils ont marché dans la fausse direction du village. Ils ont continué à m'appeler ; je ne les voyais plus derrière la haie des flocons. Je croyais vraiment qu'ils allaient revenir sur leurs pas. La chute de neige s'est transformée en tempête. J'ai eu très peur et je ne savais plus quoi faire. Je ne les ai pas appelés et je ne les ai pas beaucoup attendus ; j'ai pris la direction du village. La neige était si haute que j'avais du mal à en sortir les jambes. J'ai beaucoup souffert et je me suis mis à pleurer, comme Gaétan et Olivier. On croit qu'on va mourir. Puis j'ai vu les phares de la chenillette de secours qui roulait vers moi. Dedans, il y avait le père de Gaétan et celui d'Olivier et les secouristes. Ils m'ont pris avec eux et je leur ai dit où je les avais vus pour la dernière fois. La tempête était si violente qu'on ne distinguait plus de repères en hauteur, ni de traces au sol. Les parents étaient désespérés ; ils hurlaient : "Gaétan ! Olivier !" Leurs larmes faisaient fondre les flocons sur leur visage. Si les secouristes ne les avaient pas retenus, ils s'en seraient allés se perdre dans la tempête à la recherche de leurs gosses. Nous sommes rentrés au village. Les secouristes ont dit qu'ils allaient revenir sur les lieux de la disparition avec des moyens plus importants... »

Pierre se tut, en fixant le sol avec de gros yeux ; sa bouche était couverte d'une épaisse salive blanche. Il avait froid ; Alexina aussi. Elle mit ses mains sous son tricot et lui dit :

« Que s'est-il passé lorsqu'ils ont découvert que tu avais retourné les pancartes ?

— Il m'a battu.

— Qui ?

— Le père de Gaétan. C'était dans le chalet que les familles de Gaétan et d'Olivier louaient ensemble. Il y avait les gendarmes, des gens du village et les deux familles. Quelqu'un m'a demandé si c'était moi qui avais tourné les pancartes, j'ai dit oui. Alors le père de Gaétan est devenu fou ; il m'a sauté dessus et il a commencé à me battre de toutes ses forces. La peur m'a fait hurler et j'ai appelé maman, qui n'était pas là. J'ai crié que je voulais juste faire une blague à Gaétan et à Olivier. Mais le père de Gaétan était fou de rage, personne n'a pu le retenir, ni le raisonner. Il m'a traîné par les cheveux jusqu'au garage qu'il a verrouillé derrière lui et il m'a battu avec ses poings, avec ses pieds, après je ne me souviens pas comment je me suis retrouvé à l'hôpital. »

Le carillon de l'église du village tinta. Je comptai les coups pour savoir l'heure tout en observant Pierre qui, la tête baissée, se détendait peu à peu. Il respirait mieux. Alexina, qui voulait en finir, demanda :

« Tes parents ?

— Ma mère, dit-il, elle est venue me chercher jusque dans le Jura avec l'ambulance.

— Qu'est-ce qu'elle t'a dit ?

— Elle insistait pour que je dise que je n'avais pas changé le sens des pancartes pour faire du mal à Gaétan et à Olivier. Elle avait peur qu'on ne me croie fou et qu'on ne m'enferme dans un asile pour enfants. Elle pleurait sans arrêt.

— Que lui as-tu répondu ?

— Que je dirais comme elle. »

Alexina sortit un mouchoir de sa poche et le jeta aux genoux de Pierre. Il le prit et s'essuya le nez et la bouche. Alexina reprit :

« Pierre, es-tu conscient que Gaétan et Olivier sont morts sous la neige à cause de ta blague ? »

Pierre, touché au vif, leva lentement la tête.

Son regard changea, il n'était plus triste, pitoyable, il reprit de l'éclat, de la force, comme une folie :

« Je vais te dire, pouffiasse... »

Alexina le coupa brutalement :

« Je t'interdis de me parler sur ce ton ! »

Outrée, elle se leva et s'approcha de Pierre. Agenouillé sur la planche, le front haut, l'œil oblique, il gardait, malgré le reproche, un air insolent et reprit d'un ton fielleux :

« Je vais te dire ce que je n'ai jamais dit à personne : Olivier et Gaétan étaient deux morveux, je rêvais de les voir morts. Comme leurs parents, ils étaient hautains et crâneurs. Ils nous prenaient pour des nuls, ils le montraient sans gêne, parce que mon père est cantonnier et que ma mère faisait du ménage chez eux ; ça les arrangeait qu'on soit pauvres, que papa boive sa paye au café et que maman ne sache pas lire ; ça leur donnait un air supérieur. Ils habitent les grands appartements du bloc et nous on loge à quatre familles par palier. Ils me disaient toujours "pauvre Pierre" en me tapant sur l'épaule ; ils m'aidaient à faire mes devoirs, m'emmenaient en vacances avec eux quand ils louaient une maison. Je ne voulais rien d'eux, rien ! Maman me poussait à accepter, elle craignait les deux familles parce qu'elles lui donnaient du travail, et ces salauds, le père de Gaétan et le père d'Olivier, couchaient avec maman. Elle est plus belle que leurs femmes, mais elle est plus faible, elle se laissait faire à cause de l'argent qu'il lui fallait pour nous élever comme il faut, mes deux sœurs et moi, et puis... »

Les sanglots étouffèrent la voix de Pierre. Il glissa tout doucement sur la table de ping-pong et s'allongea sur le côté, les bras autour de la tête. Au-dessus de lui ondulait une ampoule poussiéreuse vissée à un cordon. Alexina, émue, avança à sa hauteur. Sous le contrepoids, la planche bascula et souleva un nuage de poussière en retombant sur le sol cimenté.

« As-tu des regrets ? » demanda Alexina.

Il renifla, s'essuya les yeux et le nez avec la manche de son anorak et dit d'une voix nasillarde :

« Gaétan et Olivier sont morts...

— Tu as essayé d'imaginer comment ils sont morts, leurs souffrances...

— Oui, après leur mort, toutes les nuits ils m'appelaient : "Pierrot ! Pierrot !" pour que je vienne les secourir ; leurs cris me réveillaient. Dès que j'éteignais la lumière de ma chambre, la tempête de neige me revenait et Gaétan et Olivier recommençaient à m'appeler. Ils ont dû souffrir beaucoup, pas de leur corps qu'ils ont vu geler peu à peu, pas de la neige qui s'est mise à les ensevelir parce que épuisés ils ont dû s'asseoir et se laisser faire par elle qui les noyait, mais du silence. Oui, c'est du silence qui suivait leur attente, leurs appels, qu'ils ont dû souffrir le plus. Comme maman lorsque le père d'Olivier ou de Gaétan était couché sur elle et qu'elle attendait, dégoûtée, qu'un homme plus fort et plus riche que mon père vienne la délivrer. »

De ma planque j'entendais la forte respiration de Pierre. Alexina pesait chacune des paroles de Pierre. Elle reprit :

« Lorsque tu dors maintenant, tu entends encore les appels de Gaétan et d'Olivier ?

— Ils se sont transformés en bonshommes de neige, tous les deux, et ils marchent, ils me poursuivent, ils crient : "Pierrot ! Pierrot ! Viens nous chercher !" Je n'arrive pas à me sauver, j'ai de la neige jusqu'à la ceinture et j'ai peur parce qu'ils brandissent des manches de pioche et ils veulent se venger. Ils sont très méchants... Ils étaient très méchants avec moi, c'est pas comme Jean, Ariel et Abou. »

Alexina eut froid soudain dans la grange. Elle glissa ses mains dans les poches de son pantalon en velours côtelé.

« Tu diras à tes camarades ce que tu viens de me raconter ? dit Alexina.

— Qu'ils aillent se faire foutre ! répondit Pierre. Que mon père soit cocu et maman une pauvre femme, ça les regarde pas.

— Pourtant ça te ferait beaucoup de bien de t'exprimer aussi avec Monique, Jean, Ariel et Abou ; et, à eux, ça leur ferait du bien aussi.

— On verra », dit Pierre.

Il s'assit et remonta la fermeture Éclair de son anorak. En tournant la tête vers le fond de la grange, il m'aperçut mais n'eut pas l'air surpris.

« Tu as trouvé les raquettes ? me dit-il.

— Non, pas encore, je cherche. »

Je me glissai hors de sa vue et je l'entendis renifler plusieurs fois.

« Tiens », dit Alexina, qui devait lui tendre un autre mouchoir.

Elle, c'était une vieille, et lui, un adolescent, et ils s'accouplaient généreusement. Il avait un corps pâle, sec et musculeux ; elle, des bourrelets au ventre et les fesses fripées. C'est l'enfant en lui qu'elle embrassait dans le cou mais c'est l'homme qu'elle étreignait passionnément entre ses cuisses, un homme en nage qui rougissait dans l'effort et le plaisir. Gilberte tournait de l'œil et s'agrippait, caressante et adroite, aux épaules de Vincent. Elle conduisait les ébats, le galvanisait :

« Hardi, hardi, petit ! »

Et soupirait :

« Oh diè, diè... »

Il débordait de jeunesse en soufflant contre le ventre de la vieille. Il perdait la tête : des plaintes langoureuses s'échappaient de sa bouche ouverte. Il brassait les reins flasques de la Gilberte avec ses mains moites, et goûtait aux tétons avec des lèvres avides. Lorsque, prête à jouir, Gilberte se perdait dans l'ivresse et glissait sur le côté,

Vincent la reprenait contre lui et repartait de plus belle. Les mains sur les yeux, elle laissait échapper des mots inaudibles. Lui, fougueux comme un jeune taureau, geignait à grands cris, courts et aigus, en cadence, comme quelqu'un qu'on fouette. Ariel, Pierre, Jean et moi les guettions.

On savait qu'ils allaient faire ça quand on voyait le vélo de Vincent penché contre le portail. Lorsqu'il rentrait chez lui après son travail d'entretien du domaine, Gilberte l'appelait de la fenêtre de la cuisine. Si Vincent n'avait pas envie, il faisait le sourd, passait la grille et enjambait son vélo sans se retourner. Gilberte, déçue, remettait son tablier autour de sa taille et retournait à ses fourneaux. S'il avait envie d'elle, Vincent posait son vélo contre la grille du portail, écrasait sous son pied le mégot éteint de sa cigarette jaune et rejoignait la vieille. Ils s'amusaient tout l'après-midi pendant qu'Alexina écoutait Momo jouer du piano dans le salon de musique. Nous, nous avions regagné notre terrain de jeux. Les notes de piano couvraient leurs ébats. Gilberte déshabillait délicatement l'adolescent, qui se laissait faire, la tête penchée sur le côté, évitant les yeux de Gilberte. D'abord, il ne montrait pas d'entrain, ni de goût pour la chose, ou peut-être était-ce le vieux corps flasque qui le dégoûtait. Gilberte s'agenouillait devant lui, lui caressait les cuisses et les fesses avec ses mains rugueuses, lui embrassait le bas-ventre. Le garçon, peu à peu, se laissait prendre au jeu ; il fermait les yeux et conduisait lui-même le va-et-vient de Gilberte sur son ventre en la tenant par le cou. Parfois, l'adolescent se montrait moins fringant ; la vieille alors restait habillée, craignant que les vergetures de sa peau flétrie, les bourrelets, ne réfrènent davantage l'élan de Vincent, n'émoussent son désir. Elle retroussait sa robe à fleurs jaunes et violettes et demandait au garçon de la prendre debout. Nous les épiions par la fenêtre recouverte de givre et je pensais aux bonnes sœurs qui avaient enseigné dans cette école et laissé Gilberte s'enivrer de plaisir avec un adolescent.

Le matin, on pouvait rester au lit autant qu'on le voulait. Alexina ne nous imposait aucun horaire, mais après huit heures trente Gilberte ne servait plus le café, le lait et la tartine beurrée. À huit heures, dans la cuisine, elle secouait la clochette ; se levait qui voulait. Je le faisais. Au fond, Alexina savait que nous serions tous à l'heure au rendez-vous du petit déjeuner : il y avait ceux qui ne pouvaient pas se passer de leur bol du matin et ceux qui n'aimaient pas le lit. Les enfants qui ont peur du jour qui pointe, de la nuit qui tombe, n'aiment pas le lit. Dans le couloir, je croisais mes camarades, silencieux, engourdis de sommeil. Un léger coup de gant de toilette sur la figure et nous descendions l'escalier grinçant. Alexina nous disait bonjour ; nous répondions d'une voix molle sans la regarder. Peu à peu, j'avais pris goût au pain, moi qui ne mangeais jamais le matin. Je me surpris un croûton à la main sans en être écœuré. D'abord je le touchai ; les jours suivants, je grignotai du bout des dents en regardant Jean et Pierre dévorer chacun leur tartine.

La nausée et l'angoisse qui s'installaient en moi dès le réveil étaient moins oppressantes depuis mon arrivée à l'école d'Alexina. Avais-je conscience, à l'époque, que mon état s'améliorait ? Avant, je ne pouvais pas même m'asseoir à une table garnie ; le dégoût m'en éloignait et je me demandais comment faisaient ceux qui mangeaient, dès l'aube, avec tant d'appétit. Des inconscients, me disais-je ; ou alors ils n'avaient jamais vécu de journée épouvantable, ils avaient de la chance. Moi, dès le réveil, pour me protéger de la vie, je me verrouillais si fort que mon corps tendu manquait de souffle. Eux, ils mangeaient ! Comment avoir faim et soif, lorsqu'on s'attend au pire, même si rien de grave n'a troublé la quiétude de la veille, on se souvient du passé, et l'on se méfie du jour qui pointe quand bien même il arrive en crânant : lilas, soleil en veux-tu en voilà.

Ma joie de vivre — joie si l'on veut — me quitta lorsque ma sœur se noya au fond d'un puits ; elle avait sept ans, j'en avais quatre. Depuis on ne me la joue plus.

« Petit Jean, ta maman a téléphoné », dit Alexina.

Jean se redressa et ses yeux s'arrondirent d'étonnement. La tartine beurrée qu'il tenait entre ses doigts glissa dans le bol de café au lait. Ses lèvres se mirent à bégayer :

« Ma... mam... man. »

Il devint blême.

« Qu'est-ce qu'elle a dit ?

— Elle voulait prendre de tes nouvelles, répondit la maîtresse.

— Elle était inquiète ?

— Oui », dit Alexina.

Jean eut l'air soulagé ; il joignit les mains et nous fixa, gêné que nous tendions l'oreille. Il reprit du café.

« Elle a dit que tu pouvais revenir à la maison quand tu voulais. »

Il réfléchit en faisant tourner la petite cuillère dans son bol et secoua la tête :

« Non.

— Pourquoi ? fit Alexina.

— Je suis bien chez grand-mère. »

Il but une gorgée de café et s'aperçut qu'il l'avait remué sans le sucrer. Il prit deux morceaux de sucre. Les mains jointes sur sa bouche, Alexina attendait que Jean donne plus d'explications. Il le savait ; il baissa le front et fixa le fond du bol. Et pensant qu'une phrase suffirait à le libérer de la curiosité d'Alexina et à détourner tous les regards posés sur lui, il lâcha enfin :

« Ils recommenceront comme avant. »

Notre maîtresse, qui encourageait l'expression en groupe, n'allait pas se contenter d'en rester là.

« Qui, *ils* ? » reprit-elle.

Je pensai que Jean allait être embarrassé. Mais il répondit :

« Maman et lui. »

Il dit « lui » avec mépris ; il détourna son regard.

« Lui, qui ? demanda la maîtresse.

— Mon beau-père. Maman s'est mariée avec lui après avoir viré papa.

— Et qu'est-ce qu'ils recommenceront comme avant, si tu reviens chez ta maman comme elle te le demande ?

— Tout, dit-il. Et puis je suis bien chez grand-mère.

— Explique-toi, Jean, qu'est-ce qu'ils recommenceront à faire ?

— Ils se disputeront ; et mon beau-père partira, tranquille, parce que ma sœur et moi nous ne sommes pas ses enfants. Maman pleurera dans la cuisine, elle prendra des médicaments pour ne pas souffrir et puis elle nous enfermera dans la chambre parce qu'elle dit que c'est à cause de nous qu'elle n'arrive pas à refaire sa vie. Puis il reviendra, lui, parce qu'elle l'aura supplié de revenir. Elle lui cédera tout, tout pour qu'il reste, ce salaud ! »

Jean se leva de table. Ses mains tremblaient, il ne savait où les mettre. Il se colla contre la porte de la cuisine et fixa machinalement la cour à travers les carreaux embués. La maîtresse voulait que Jean continuât à parler en notre compagnie : cela faisait partie de son travail. Elle se leva à son tour et alla près de lui pour l'empêcher de sortir.

« Qu'est-ce qu'elle lui cédait ? »

Jean et Alexina se fixèrent. La colère le fit grimacer et il fronça les sourcils.

« Tu me prends pour cette lavette de Pierre ? »

Il recula en narguant la maîtresse d'un air suffisant. Elle le suivit, mains dans le dos.

« Tu crois quoi ? dit-il, que je vais tout te balancer, ce que je n'ai jamais dit à personne, comme Pierre ? »

Pierre se serait bien levé pour lui casser la figure, mais il se retint en roulant les yeux. Jean, marchant à reculons, buta sur la première marche de l'escalier. Il posa une main sur la rampe et se tourna vers nous. On le regardait en silence comme dans la classe de Raffin. Il dut s'en souvenir ; il se calma et fixa le sol. Alexina brisa le silence :

« Qu'est-ce que ta maman cédait à ton beau-père ?

— Ça ne te regarde pas ! » cria Jean, toujours en colère.

Il fit demi-tour, monta précipitamment l'escalier et disparut à l'étage. La maîtresse le suivit.

« Ne monte pas, laisse-moi tranquille ! » lui cria Jean.

Elle n'écoutait pas. Un tabouret en bois sombre vint s'écraser contre la rampe de l'escalier. Alexina s'immobilisa.

« Je te préviens, je balance tout ce que j'ai sous la main ! »

À preuve, une plante verte jetée violemment

dans l'escalier répandit tout son terreau sur les marches.

« Rien ne te regarde, t'es pas de la police ! » hurla Jean.

La maîtresse ne se laissa pas intimider ; elle monta et s'assit sur la dernière marche de l'escalier. Elle croisa les jambes et attendit. D'en bas, on ne voyait plus son visage, il était caché par une grosse poutre.

« Pourquoi parles-tu de la police, Jean, il est question de flics dans ton histoire ? »

Dans l'épais silence qui suivit la question d'Alexina, on entendit d'en bas le souffle nerveux de Jean, blotti au fond du couloir. Il répondit en reniflant :

« Parce que dans la maison il se passait des choses qui pouvaient intéresser la police.

— Et quoi, par exemple ? dit Alexina.

— Qu'est-ce que ça peut te faire, à toi ? » hurla-t-il en tapant des pieds sur le parquet.

On l'entendit courir et ouvrir la porte des toilettes. Il s'enferma. La maîtresse se leva et disparut dans le couloir. Ses pas lents crissaient sur le parquet ciré.

« Parle, Jean, parle, même si ce que tu caches est difficile à dire ; même si tu as peur rien qu'à l'idée d'y penser. »

Jean se mit à taper de toutes ses forces sur la porte qui le séparait d'Alexina. Les premiers sanglots vinrent, il hurla :

« Non ! Non !

— Je ne bougerai pas d'ici tant que tu te tairas ! fit Alexina.

— Tu peux rester jusqu'à crever, je m'en fous ! répondit Jean.

— Elle lui cédait tout ? » dit Alexina d'une voix si calme que, d'en bas, on l'entendit à peine.

Ce ton rassura Jean, on l'entendit renifler et répondre aussitôt :

« Oui, maman cédait tout à mon beau-père ; elle aurait fait n'importe quoi pour le garder. Il nous battait, ma sœur et moi, et maman le laissait faire. »

Il se tut. La maîtresse ne lui donna pas le temps d'oublier :

« Elle lui cédait quoi aussi ?

— Ma sœur ! »

Alexina souffla, par dégoût ou par dépit, et s'assit contre la porte. Jean sanglotait à gros bouillons.

« Quel âge a ta sœur ? demanda la maîtresse.

— Dix ans, fit Jean en hoquetant. Ma sœur souffrait mais elle se laissait faire pour ne pas voir maman pleurer ; elle se sentait coupable du malheur de maman. Lorsque ma sœur refusait de rejoindre mon beau-père dans le lit, c'est maman qui la forçait à y aller, en la suppliant. Moi, on me jetait dehors avec les clés de la cave. »

De grands sanglots couvrirent sa voix étranglée. Il pleurait tout son malheur en cognant de plus en plus fort sur la porte des cabinets.

« Jean, ouvre-moi cette porte !

— Non, je préfère me casser le crâne dessus, comme ça je serai mort ! »

Les coups de tête redoublèrent de violence contre la porte. La maîtresse tenta en vain de forcer la serrure. En bas, Ariel, Momo, Pierre et moi, écoutions, silencieux et mal à l'aise. Jean cria :

« Tu es contente ? Tu es fière de toi ! Je t'ai dit ce que je n'avais jamais dit à personne ! »

Alexina répondit :

« Non, je ne suis pas contente, ni fière de moi, mais je préfère qu'enfin tu aies parlé.

— Ça va te servir à quoi ? dit-il d'une voix tremblante.

— À ce que tu te sentes mieux, répondit la maîtresse.

— Mais là-bas, à la maison, ça n'a pas changé !

— Maintenant, si ; pour ta sœur et toi, ça ne sera plus comme avant, je te le promets, dit Alexina d'un ton sûr.

— Faites vite, Madame, faites vite s'il vous plaît, ils vont la rendre folle, ma sœur », supplia Jean, enfin soulagé.

Nous allâmes voir la mer. En novembre, elle est grise et houleuse et ne donne pas envie de s'en approcher. Elle ne fait pas rêver; elle fait plutôt peur. Emmitouflés jusqu'aux oreilles dans nos anoraks et le front baissé contre le vent de l'océan qui parfois nous aveuglait, nous suivîmes la corniche jusqu'à la ville. Alexina et Momo marchaient devant et faisaient de grands gestes en parlant. Nous, les garçons, traînions derrière en jouant au crachat qu'on projette contre le vent et qu'il faut esquiver quand il revient en boomerang, ou on faisait les équilibristes sur le muret qui longeait la corniche. Sur le front de mer, il y avait des cafés couverts où des retraités buvaient du thé derrière les vitres. Nous croisâmes Gilberte; elle promenait son mari sur la place du Marché-aux-Poissons. Un homme âgé, qui paraissait très faible, aux joues creuses et ridées, assis dans un fauteuil roulant que guidait Gilberte. Le vieil homme tenait un journal plié dans ses mains raidies, les jambes couvertes d'un plaid à trois couleurs. Gilberte nous vit et dit quelques mots à l'oreille du vieux en nous regardant. Il tourna péniblement la tête vers nous et nous sourit. Alexina les salua en agitant la main, mais nous ne traversâmes pas la place pour aller vers eux. Nous descendîmes sur la plage et longeâmes la mer. Des gens se promenaient ou couraient avec leur chien; un père et son petit garçon raccommodaient un cerf-volant. Alors que nous commencions à courir sur la plage, Alexina nous dit :

« Attendez ! Attendons Monique. »

Nous nous arrêtâmes. Momo était seule, loin derrière nous, immobile et fixait la mer comme si elle ne l'avait jamais vue. Elle ne l'avait jamais vue, tout simplement. Je le compris, les autres aussi. Émue, Alexina alla la rejoindre. C'est à ce moment-là, selon le plan que Pierre et moi avions manigancé, que nous nous jetâmes sur Jean avec la ferme intention de l'emmener goûter, coûte que coûte, à l'eau salée et glacée de l'océan. Ariel nous encourageait. Jean se défendait, criait, appelait à son secours la maîtresse, mais nous le tenions, Pierre par les pieds et moi par les bras, et le portions vers les vagues. Nous aurions bien ri en jetant notre camarade sur la première vague, si nous n'avions croisé deux voyous, costauds et plus âgés que nous. L'un d'eux, sans raison, pour se moquer, fit un croche-pied à Ariel, qui nous devançait, et lui vola sa kippa. Notre élan joyeux fut coupé net.

Pierre et moi lâchâmes Jean et vîmes Ariel, le visage couvert de sable humide, se relever et, sans peur, se ruer tête baissée sur le voleur de calotte. Celui-ci, en riant, la lança à son camarade, qui se trouvait derrière nous. Ils se mirent à faire tourner Ariel en bourrique. Les deux acolytes avaient une vingtaine d'années ; un rougeaud aux yeux très clairs portant un tricot de grosse laine grise ; l'autre, râblé, les jambes courtes, avec sur son large front une casquette de marin, et un rire gras et caverneux qui laissait voir des chicots jaunâtres. Ils jouaient à se renvoyer la kippa bien au-dessus des petits bras d'Ariel. Lui fulminait :

« Rendez-moi ma calotte, bande de cons ! »

Il n'avait pas peur d'eux. Il saisit à bras le corps le garçon qui tenait la calotte et le battit à coups de poing sur les cuisses, sur le ventre. À chaque assaut, Ariel était repoussé d'un coup de genou sur le visage ou d'un coup de pied aux jambes. Il s'écroulait sur le sable, mais se relevait aussitôt, malgré la douleur qui se lisait dans ses yeux, et se ruait tête en avant, tel un bélier, sur le garçon qui le narguait en brandissant la calotte. La voix cassée par la douleur, la colère, l'effort et l'humiliation, Ariel se mit à pleurer ; son nez saignait et sa bouche bavant de mépris était couverte de sable. L'un des garçons mit la kippa sous ses chaussures et l'enfonça dans le sable mouillé. Ariel, épuisé, le corps tordu par les coups reçus, se mit à crier des mots que je ne comprenais pas.

C'était dans une langue étrangère et c'était certainement des insultes car ses yeux mouillés étaient pleins de haine. Il reçut un nouveau coup de pied sur la tête lorsqu'il tenta de récupérer la calotte sous la chaussure du rougeaud. Sonné, Ariel resta étendu sur le sable, les bras autour du crâne. Pierre, Jean et moi ne pouvions le secourir ; nous étions trop petits face à ces deux brutes. Alexina accourut en hurlant :

« Ça va pas, non ! Vous êtes malades ! »

Les deux voyous la toisèrent d'un œil mauvais. Elle les insulta :

« Abrutis ! »

Elle allait se pencher sur Ariel qui rampait sur le sable lorsque le garçon aux dents abîmées la saisit brusquement par le cou et lui couvrit la bouche avec sa grosse main. Muselée, ses yeux s'arrondirent de colère et elle poussa des cris étouffés sous la poigne du voyou. Elle trépigna, se débattit, en vain, et c'est impuissante qu'Alexina vit le rougeaud prendre la calotte trempée de sable mouillé et la jeter dans l'eau. Ariel courut après le garçon et le plaqua aux jambes. Il mordit si fortement la cuisse du rougeaud qu'il le fit hurler de douleur. Ariel serrait avec bec et ongles la cuisse du garçon. Les yeux plissés de rage, criblé de coups de pied sur les cuisses, Ariel résistait. Bâillonnée par la main de l'autre complice, Alexina, les yeux terrorisés, nous suppliait de porter secours à Ariel. Je ne bougeai pas, Pierre et Jean non plus. Et Momo se tenait à distance de la bagarre. Nous avions peur de ces deux monstres ; ils n'auraient fait qu'une volée de nos petits poings. La maîtresse, d'un regard insistant, nous encourageait par des mouvements du front, ce qui nous culpabilisa davantage. Enfin, le rougeaud, pour se libérer de la morsure qui lui brûlait la cuisse, assena un coup violent sur la nuque d'Ariel. Notre camarade s'écroula, évanoui. L'autre garçon libéra Alexina, qui reprit son souffle et envoya une gifle au voyou. Il ne s'y attendait pas ; il esquissa un mouvement de revanche, puis se retint en voyant que quelques badauds emmitouflés s'approchaient de nous. Alexina releva Ariel et lui essuya la figure en le laissant revenir à lui. Il râlait, sanglotait, il injuriait encore dans sa langue à lui.

« Il m'a esquinté la cuisse, ce petit con de youd ! » se plaignit le rougeaud en se frottant l'endroit où Ariel l'avait mordu. Ils s'en allèrent. Quand Alexina eut fini d'essuyer les larmes d'Ariel, elle l'embrassa tendrement sur le front. Elle répétait :

« Ça va, petit Ariel, ça va ? »

Encore étourdi de douleur, se tenant les côtes, Ariel hocha la tête pour la rassurer. Quant à nous, nous eûmes droit à des reproches :

« Vous auriez pu l'aider à se défendre en jetant du sable dans les yeux de ces deux salauds ! Ou m'appeler, ou crier ! » nous dit Alexina en nous faisant baisser la tête de honte.

Pierre, Jean, Momo et moi passions pour des

lâches. Le directeur de l'ancienne école s'était plaint aussi de notre apathie lorsque Raffin était mort en classe. Alexina aida Ariel à se lever et ensemble ils allèrent ramasser la kippa souillée. Elle l'essuya sur ses habits et la tendit à Ariel, qui se dépêcha de l'enfoncer sur sa tête. Ils nous laissèrent ; Ariel boitait. Ils quittèrent la plage et entrèrent dans un café. Nous étions silencieux et malheureux. Dans le café, Ariel but un chocolat chaud, sa kippa posée sur le radiateur. Alexina le consola encore en remuant sa tasse de thé. Quand je me tournai vers eux, je lus dans les yeux d'Alexina qu'elle nous en voulait encore de ne pas être intervenus dans la bagarre. Je détournai mon regard. Les deux garçons qui avaient battu Ariel passèrent en voiture près de nous et allèrent se garer sur le petit port de pêche. Ils sortirent de la voiture en plaisantant et entrèrent dans le bar.

Jean bondit du muret et fixa avec intérêt leur voiture, une P60 bleue.

« Tu as tes allumettes ? demanda-t-il à Pierre.

— Ouais, fit Pierre.

— Venez », nous dit Jean.

On le suivit. Momo, devinant une mauvaise action, resta assise sur le muret. On marcha vers la P60, jusqu'à ce que Jean s'arrête pour épier le bistro où se trouvaient les deux brutes. Ensuite, il s'agenouilla sur le trottoir et nous fit signe de l'imiter. Dissimulés derrière le muret qui longeait les terrasses de cafés, on rampa jusqu'à la hauteur de la P60. Jean glissa sous le véhicule et demanda à Pierre les allumettes.

Pierre rampa sur les coudes et rejoignit Jean qui, déjà, trifouillait le moteur. Moi, je ne quittais pas des yeux le bar et les voyous qui buvaient de la bière derrière la vitre embuée. Apeurée par nos manœuvres, Momo s'était levée et fixait le café où se trouvaient Alexina et Ariel, en s'agitant comme pour les avertir. J'avais peur aussi, mais là je ne devais pas m'enfuir. L'idée de faire un sale coup excitait Pierre : il tremblait de tous ses membres et ne pouvait s'empêcher de rire nerveusement. Jean craqua une allumette sous le moteur de la voiture et je l'entendis dire à Pierre :

« Merde, ça ne prend pas, il faut du papier pour que ça crame ! »

Pierre lui dit :

« Allume toute la boîte d'allumettes, ça fera une grosse flamme. »

Ce que fit Jean ; le feu gagna peu à peu toutes les pièces mécaniques imbibées d'essence, grâce à Jean, qui avait su pomper le liquide et le répandre sur les fils électriques. Moi, je guettais le bar où les deux lascars étaient toujours accoudés au comptoir. Derrière nous, Momo faisait de grands gestes en direction du café où Alexina et Ariel étaient attablés. Heureusement, j'entendis Jean s'exclamer fièrement :

« J'ai réussi, le feu prend bien ! »

Je me baissai et vis des flammes qui couraient sous le moteur de la P60.

« Barrons-nous ! » dit Pierre, entre peur et fou rire.

Nous rampâmes énergiquement derrière le muret jusqu'à ce que nous soyons hors de vue du bar où se trouvaient les voyous et nous nous levâmes. On se retourna pour admirer notre travail. Une épaisse fumée se dégageait des parois du capot de la voiture. Heureux et fiers, nous nous congratulâmes.

« Qu'est-ce que vous avez fait ? » cria Alexina qui nous avait rejoints, prévenue par Momo ; c'était machinalement qu'elle posait la question. Le petit Ariel sourit, émerveillé à l'avance de l'explosion du moteur. On marchait à reculons et je vis qu'Alexina se retenait difficilement de laisser exploser sa joie. Le vent soufflait ; sous le capot de la P60, la noire et lourde fumée cherchait un passage plus large pour libérer une forte pression ; elle fit sauter le capot et les flammes s'élevèrent.

Nous étions tous à crier :

« Bien fait, bien fait ! »

Même la maîtresse se surprit à le répéter avec nous. Et, essoufflés, joyeux, on courut jusqu'à l'école.

En quelques mois de vie commune chez Alexina, nous avions appris, mes camarades et moi, à être davantage à l'écoute de nous-mêmes, sans gêne et sans honte. Notre maîtresse nous avait redonné goût à la vie et confiance dans les autres. En étudiant nos travaux de peinture, les toiles qu'on peignait à notre guise, elle mettait au jour nos secrets, nous aidait à les comprendre. Elle déchiffrait nos choix de couleurs, de tons, de formes, nous expliquait pourquoi nous avions « cassé » violemment un bleu de Prusse sur un rouge carmin pour colorier un objet ou un lieu. Rien ne lui échappait ; tout lui paraissait logique. On se livrait à une partie de cache-cache avec nos toiles mais elle en demandait encore et plus. Il fallait tout tenter, se libérer avec un pinceau. Je laissais Alexina, penchée derrière moi, commenter la toile que je venais de terminer. Rêve, silence, amour, solitude, exil, fuite, identité, mère, absence, les mêmes mots revenaient dans ses commentaires. Lorsque je n'étais pas d'accord sur le sentiment ou l'émotion qu'elle percevait à travers mon travail, je le lui disais. Elle m'écoutait attentivement et ses yeux brillaient de satisfaction : elle avait réussi à me faire parler sans contrainte et sans peine. Parfois, entendre ma voix suffisait à sa joie. Je parlais, nous parlions, et elle était ravie. Même Pierre se mit à s'exprimer, haut et fort, quand il n'acceptait pas le point de vue de notre maîtresse sur son travail. Pierre, Ariel, Momo, Jean et moi, peu à peu, nous nous mîmes à apprécier pleinement ces échanges riches et surprenants. Alexina réussit à nous réunir tous autour d'une toile, à l'étudier, à la critiquer, ce qui en général entraînait des remous, souvent même des disputes. Nous nous moquions les uns des autres ; nous riions beaucoup. Seule Momo rechignait parfois à donner un avis en notre présence, préférant discuter de ses dessins seule avec la maîtresse. J'avais l'impression qu'Alexina déchiffrait un tableau comme on lit dans les lignes de la main. Le soir, au lit, ses commentaires me gardaient éveillé longtemps ; ces révélations excitaient ma pensée. Parfois, je reprochais à notre maîtresse son manque de discrétion : un jour en examinant un de mes dessins à l'encre de Chine, elle m'interpella ainsi au milieu du groupe :

« Tes parents ne savent-ils pas lire et écrire ? »

Et j'avais baissé la tête de honte devant mes camarades. Je ne fus pas le premier à être vexé par les remarques d'Alexina. Il y eut des grincements de dents, des fuites, des larmes. Il m'arriva d'omettre exprès un détail dans un dessin pour éviter que ma pauvreté, la misère de mon enfance ne soient mises au jour par mes camarades. Un jour, je fis un dessin de moi écolier quittant, à l'aube, le bidonville pour gagner l'école. En analysant mon dessin Alexina, comme de coutume, fit montre d'une étonnante sagacité. Elle décela l'état d'esprit du nouvel élève débarquant de l'étranger, rechignant à aller dans une école où l'on oublierait ses racines. Elle devina mon âme d'enfant dans ce chaos et, pour finir, me dit :

« Ton dessin est inachevé ; tu as caché un détail important ! »

Je fis celui qui était satisfait de son travail et ne bronchai pas.

« Tu as certainement omis quelque chose que tu refoules », me dit-elle en me quittant.

Le détail qui manquait dans mon dessin était une paire de sacs en plastique que j'enfilais sur mes chaussures pour les protéger de la boue des allées du bidonville lorsque j'allais à l'école. J'ôtais les sacs quand j'arrivais sur la route goudronnée, loin des baraques. Le cirage de mes chaussures préservé, je dissimulais ainsi que j'habitais dans le bidonville. Je ne voulais pas que mes camarades se moquent de mes pieds dans ces sacs en plastique. Je ne modifiai pas le dessin.

Chacun de nous peignait son univers. Le mien

n'était pas joyeux ni coloré. Aux couleurs je préférais d'ailleurs l'encre de Chine ou la mine noire. Je dessinais le bidonville, ses allées fangeuses, la fumée épaisse et âcre de ses cheminées. Je me souviens aussi d'une toile que j'avais peinte et qui plaisait beaucoup à Alexina ; je la lui offris. Elle représentait la prostituée arabe du bistro du bidonville, une jeune femme dont je croisais le regard triste derrière la vitre du café quand je rentrais de l'école. Elle se tenait bras croisés, rêveuse, le front posé contre la vitre sale, une cigarette entre ses doigts. Ses yeux infiniment noirs étaient presque aussi déchirants sur la toile que dans la vie, mais je n'avais pas su rendre la buée de son souffle sur la vitre. Je faisais des détours pour passer près du café et la regarder à la dérobée. Elle le savait, elle me souriait quand elle n'était pas trop triste. Le samedi et le dimanche, je ne la voyais pas : il y avait beaucoup d'hommes dans le café et elle était trop occupée, là-haut, dans une chambre de cet hôtel sordide.

Les dessins de Momo étaient essentiellement composés de chutes. Chutes de feuilles au pied d'un arbre ; chute d'une volée d'oiseaux sur un pré fleuri ; chute d'eau d'un flanc de montagne ; pluie. Ce qui avait fait dire à Alexina :

« Tout ce qui tombe du ciel est béni. »

Mais c'était davantage grâce à la musique et au piano que la maîtresse progressait avec elle. Un jour, on vit Momo quitter en larmes le salon de musique après une vive discussion avec Alexina. À la jeune fille qui s'enfuyait vers le pré, la maîtresse avait lancé :

« Il n'y a que la vérité qui m'intéresse ! »

Dès que Pierre, mon camarade de chambre, s'endormait, j'éteignais la lumière. Comme je l'ai déjà raconté, il dormait l'œil ouvert et tourné vers mon lit ; son regard allumé mais vide me faisait peur. J'écoutais le bruit de la mer que le vent amenait jusqu'à nous. Comme moi, Momo ne dormait pas beaucoup. Souvent, j'entendais crisser ses pas sur le parquet en chêne de sa chambre. Une nuit, alors que Pierre dormait profondément, je sortis sur la pointe des pieds pour aller aux toilettes. Dans le couloir, je croisai Momo. Surprise, elle s'arrêta, la main sur la rampe de l'escalier qu'elle allait descendre, et me fixa droit dans les yeux. Voyant que je ne lui disais rien, elle me demanda alors si je voulais venir en ville avec elle.

Je ne fus pas surpris. Je ne comptais plus ses fugues nocturnes pendant mes insomnies, malgré les efforts qu'elle faisait pour quitter sa chambre sans bruit. De mon lit, je devinais son ombre légère qui enfilait, chaussures à la main, le couloir obscur. Elle se laissait glisser sur la rampe de l'escalier afin d'éviter les marches qui craquaient sous les pas. Avant d'ouvrir la porte et de filer dans la nuit noire, il s'écoulait toujours un long moment où je n'entendais plus rien : elle se chaussait. Quand il n'y avait pas de vent, elle laissait la porte entrouverte pour ne pas faire de bruit. Mais elle la refermait quand le vent soufflait, craignant qu'elle ne claque durant son absence. J'entendais alors la serrure grincer.

Ce soir-là, je revins dans ma chambre, m'habillai sans réveiller Pierre et je fuguai avec Momo. Nous traversâmes la campagne en silence, jusqu'au village, où nous nous dirigeâmes, sans nous concerter, vers le seul endroit où nous savions trouver de la lumière, le cinéma. On fit le tour des photos et des affiches qui tapissaient le hall et l'ouvreuse sortit de la salle. Momo alla vers elle :

« Vous avez des Chocorêve ? »

La dame alla en chercher. Pendant ce temps, Momo sortit de l'argent de sa poche.

« Où as-tu eu tout cet argent ? lui dis-je.

— J'ai vendu à Pierre le flingue de papa.

— Mais le flingue, c'est Alexina qui l'a, non ?

— Je le donnerai à Pierre lorsqu'elle me le rendra. »

Elle répondait sans émotion. L'idée que le flingue allait revenir dans les mains de Pierre me troubla.

« Attention à ce que tu fais, parce que Pierre est un tueur.

— Qu'est-ce que t'en sais ? rétorqua-t-elle.

— Je le sais. Jamais Alexina ne te rendra le flingue.

— Elle a intérêt, il est à mon père. »

Je lui ai encore demandé :

« Et Pierre, d'où lui vient tout ce fric ?

— Il le vole quand il retourne chez lui. »

On croqua les barres de chocolat dans le hall en écoutant les dialogues qui nous parvenaient de la salle. Le public riait souvent, surtout quand intervenait un acteur à la voix nasillarde et à l'accent parisien. Nous restâmes là jusqu'à la fin du film. Les spectateurs sortirent de la salle en plissant les yeux, aveuglés par les néons du hall. Les amoureux évitaient le halo des lampadaires pour continuer à s'embrasser dans l'obscurité. Les voitures démarrèrent, bientôt il ne resta plus, sous l'enseigne lumineuse, que Momo et moi. Lorsqu'elle s'éteignit, j'eus envie de prendre la main de Momo ; nous nous sentions très seuls. Mais Momo m'intimidait, elle avait plus de cran que moi ; je laissai mes mains dans les poches. Nous rentrâmes, face au vent, par la route qui longeait la mer. Momo ne voulait pas que nous passions par le port, où des hommes bizarres, me dit-elle, traînaient la nuit, seuls, sans qu'on sache très bien ce qu'ils y faisaient. Je la suivis dans les ruelles sombres et étroites qu'elle connaissait par cœur.

« Ce qui serait bien, c'est de vivre ici avec nos parents », me dit-elle.

Je ne répondis pas.

« Tu préfères ton bidonville à ces pavillons, à la campagne qu'il y a autour de l'école, à la mer qui est à côté ?

— Je n'ai pas de préférence. »

Je n'avais pas envie de parler. Franchement, je voulais la toucher, caresser ses cheveux blonds, embrasser son cou long et fin, sentir son odeur.

« Tu veux quoi, alors, rentrer dans ton pays ?

— Non. »

Elle insista :

« Tu n'aimes rien ? »

Je la laissai prendre de l'avance sur la chaussée humide pour l'observer à loisir. Si sa voix fluette ne m'avait pas charmé, ses questions m'auraient agacé. Je ne lui répondis pas parce que je ne voulais pas répéter ce qu'Alexina avait dit sur moi. J'étais encore sonné par ses conclusions brusques et radicales. Tu n'aimes rien ? À coup sûr je n'aimais rien puisqu'on m'avait tout pris. Je me sentais nu. Alexina l'avait compris dès notre premier entretien. Elle me le répétait souvent avec des mots différents :

« Tu es à poil ; tu renais. Ça ne fait que quelques mois que tu es en France et tu dois absolument regarder ce qu'il y a autour de toi, ici, afin que tu t'épanouisses. C'est ici, dorénavant, que tu vas vivre, grandir et devenir un homme. Ton pays, c'est fini. Tu n'es pas ici pour trois ans comme ton papa te l'a dit. Tu aimes ton père, mais sache que quand il vous a déclaré, à ta maman, à tes frères et à tes sœurs, comme tu me l'as dit, qu'en trois ans il ferait fortune ici et que vous repartiriez heureux au bled, il vous a menti. À moins de gagner à la Loterie nationale. Ce n'est pas avec son travail au marteau piqueur qu'il va s'enrichir. Abou, tu es pour longtemps dans ce pays, peut-être même pour toujours ! Voilà pourquoi tu dois, dès maintenant, t'adapter, t'ouvrir à ce nouveau monde, sans oublier pour autant tes racines. Tu resteras triste, comme tu l'es en ce moment, tant que tu refuseras cette nouvelle vie ; c'est une expérience positive qui t'attend... »

Et patati et patata ! Je comprenais, malgré moi. Le plus terrible fut de l'entendre dire : « Tu es peut-être ici pour toujours. »

Je n'admettais pas ce changement brutal. Je n'avais plus mon village, plus de grands-parents, plus de copains qui parlent la même langue que moi. Là-bas, je vivais différemment, je pensais autrement et, brutalement, on me demandait d'oublier mon enfance ; ici, elle ne comptait plus. Si gentille et douce qu'elle fût, Alexina parlait comme si c'était simple et facile à vivre. À l'entendre, il suffisait de se lever le matin et de se convaincre : « J'ai dix ans, je débarque dans une nouvelle culture où je vais m'épanouir ; j'oublie tout de suite maman et tout ce qu'elle fut pour l'enfant que j'ai été, parce qu'il n'y a pas de place ici pour ses chansons, ses comptines, sa voix, son accent, ses caresses, son souvenir... »

Non !

J'avais l'impression qu'on me demandait de renier ma mère, de la quitter. La langue maternelle, sa voix, les contes qu'elle nous disait, les histoires qu'elle inventait pour nous endormir lorsque le bruit de bottes courait sur les toits de nos maisons durant la guerre. Et soudain ma mère n'était plus le modèle, la référence, ma racine. J'avais honte de marcher à ses côtés dans notre banlieue. Elle avait l'air si décalée avec ses beaux tatouages bleus sur les mains et sur le front ; son foulard, qui cachait ses cheveux magnifiques, ses longues robes et cette voix qui parlait une autre langue et faisait se retourner les gens sur notre passage. Oui, j'avais honte de maman parfois ; elle le savait et je lui ai dit plus tard. Dieu, que je le regrette maintenant !

« Tant que tu regarderas derrière toi, tu resteras bloqué ; tu ne perds rien au change ! me répétait Alexina.

— Je n'aime rien de ce que je vois devant moi », lui répondais-je sèchement.

J'étais persuadé, au plus profond de moi, que jamais rien ne m'intéresserait dans ce nouveau pays. Mes racines n'étaient pas reconnues, et qui peut s'épanouir sans racines ?

Alexina insista pendant des mois.

« Abou, tu dois accepter cette nouvelle aventure, essayer de l'aimer en utilisant les acquis de ton enfance ! Tu n'as rien à renier du tout ; ce n'est pas ta faute si tu es obligé de parler une autre langue et de penser autrement... »

L'expérience me paraissait insurmontable. Que de vexations, d'humiliations à venir, que d'efforts à fournir ! Je pleurai ; Alexina me caressa les cheveux. Ce jour-là, Momo n'était pas avec nous, elle se trouvait dans le salon de musique. Nous étions, Pierre, Jean, Ariel, Alexina et moi dans l'atelier. Gentil, Pierre me dit, cherchant à me rassurer :

« Tu n'as qu'à choisir un métier qui ne prend pas la tête, tu souffriras moins à l'apprendre ; c'est ce que je vais faire, moi ! »

Je ne savais pas leur parler, trouver les mots pour exprimer ce que je ressentais. Et je n'avais pas su parler non plus à Momo lors de notre fugue nocturne.

Minuit avait sonné au clocher de l'église du village voisin quand nous sommes rentrés, Momo et moi, dans notre école. Les chaussures crissaient sous nos pas dans le silence de la campagne endormie. Le vent nous caressait les joues et déposait le sel marin sur nos lèvres humides. Nous marchions vite et je n'osais pas regarder cette fille à mes côtés, elle qui me fascinait tant. À la campagne, ses joues avaient pris des couleurs de fruits d'été et l'inlassable regard affectueux d'Alexina posé sur elle tout au long de ces mois de travail en commun lui avait rendu son sourire. Depuis, elle avait des projets de musique.

Alexina lui avait enseigné le solfège et elle avait droit, grâce à des fonds sociaux d'aide à l'enfance défavorisée, à deux leçons de piano par semaine avec un professeur qui venait à vélo du village. Elle se sentait prête pour le bonheur.

« Un jour papa et maman viendront m'applaudir en concert ; ils seront tellement émus de me voir triompher sur une scène qu'ils guériront de leur propre enfance. »

L'envie de lui prendre la main me brûlait ; je savais qu'après notre séjour chez Alexina nous ne nous reverrions plus. Elle irait dans un pensionnat ou une autre école, moi je regagnerais la communale. J'avais envie que cette échappée avec elle ne finisse jamais.

« Tu es timide, tu ne parles pas, me dit-elle.

— Non, je ne suis pas timide mais je ne sais pas dire ce que je voudrais dire, alors je me tais. »

Elle s'arrêta au milieu du chemin et me regarda longuement.

« Pourtant on a appris à causer avec Alexina, seul ou en groupe.

— Il y a des choses que je ne peux pas lui dire, ça ne la regarde pas.

— Quoi ? » demanda-t-elle avec curiosité.

Je me remis à marcher pour éviter son regard et je répondis :

« Que j'ai souvent envie de te prendre la main. »

Elle éclata de rire dans mon dos et courut pour me rejoindre ; elle se mit devant moi en me barrant le chemin. Son regard redevint triste comme au temps de Raffin :

« Je ne donnerai ma main qu'au garçon qui ne me battra pas.

— Je ne te battrai jamais.

— Tu dis ça maintenant parce que tu as envie que je t'aime mais plus tard si tu rentres ivre à la maison, tu me taperas.

— Je ne boirai pas.

— Parce que tu es petit ; quand tu seras grand, tu feras comme mon père, comme les voisins, tu battras ta femme et tes enfants.

— Non ! »

J'avais crié si fort qu'elle fut touchée par ma sincérité.

« Tu ne me battras pas, même si tu es en colère parce que tu as honte de ton existence si tu ne réussis pas ce que tu veux ?

— Non, dis-je.

— Tu ne boiras pas même si tu es malheureux parce qu'on est pauvres ?

— Non. »

Elle baissa la tête et resta longtemps pensive. Je devinais qu'elle parlait de son père, de sa mère, et j'étais triste pour elle. Elle reprit, en me regardant dans les yeux :

« Alexina dit que si l'on ne fait pas attention, plus tard, quand on est mariés, on fait subir à ses enfants ce qu'on a subi de nos parents ; même les choses les plus vilaines dont on a souffert terriblement.

— Je sais, Alexina le répète souvent.

— Ça me fait peur, l'idée de me surprendre un jour à tabasser mes enfants de rage, de désespoir, les yeux pleins de larmes.

— Jamais ça ne t'arrivera, à toi.

— Tu crois ? Pourquoi ?

— Parce que tu es gentille ; Alexina dit aussi que quand on parle de ce qui nous fait peur, ou nous fait honte, on s'en libère et notre comportement évolue. »

On se remit à marcher. Sa main frôla la mienne mais elle était absorbée par ses pensées et ne se souciait plus guère de moi.

« Il y a encore des choses que je m'interdis de dire à Alexina.

— Quoi ? » demandai-je.

Elle me regarda comme si c'était la première fois de sa vie qu'elle se confiait à quelqu'un. J'en fus flatté. Un frisson chaud et chatouilleux envahit mon corps tout entier.

« Si je dis tout à Alexina, elle pensera que mes parents sont fous et je ne veux pas qu'elle le pense.

— Dis-lui tout ce que tu as sur le cœur avant que l'on se quitte ; on ne retrouvera peut-être plus quelqu'un comme elle et on regrettera nos silences, après. »

J'ajoutai même, comme pour lui montrer que le travail de la maîtresse portait ses fruits :

« Depuis que je m'entretiens régulièrement avec Alexina, le matin, au réveil, j'ai moins peur d'affronter la journée et mes nausées ne sont plus qu'un mauvais souvenir. »

Momo devint songeuse ; elle alla cueillir une brindille d'herbe haute dans le fossé et me dit :

« Et le cauchemar que tu nous as raconté, il te revient encore ? »

Alexina nous avait habitués à raconter nos rêves lors des séances de groupe et tentait de nous les expliquer. J'avais, pour ma part, raconté celui qui revenait souvent dans mon sommeil : j'errais nu, en plein jour, honteux, rasant les murs afin qu'on ne me voie pas, dans des rues larges et bruyantes où la foule grouillait, sans trouver, à mon grand désarroi, de recoin où me cacher, ni même un chiffon ou une feuille de journal pour me couvrir. C'est ce cauchemar-là dont parlait Momo. Je me rendis compte alors qu'il ne venait plus troubler mon sommeil. Je m'en sentis soulagé et le dis à Momo.

Elle arrêta de marcher et me fixa avec surprise, presque jalousement, en mâchouillant la brindille qu'elle avait ramassée. Elle-même refusait de parler de ses tourments nocturnes lors des réunions de groupe, mais elle comprit que j'avais été soulagé d'un lourd cauchemar pour l'avoir raconté. Elle dit en serrant le poing :

« Dorénavant je ne vais plus me censurer, comme le dit Alexina, je lui dirai tout, même si ensuite elle en déduit que mes parents sont barges.

— Alexina n'est pas là pour nous juger.

— Mais on ne sait pas ce qu'elle pense ; tiens, je suis sûre qu'elle a déjà averti la police pour le cas de la famille de Jean. Le beau-père qui viole une fille de dix ans, la maman de celle-là qui est complice, tout ce beau monde va se retrouver en taule, c'est moi qui te le dis ! Il faut faire attention à ce qu'on dit à Alexina.

— Tu es trop méfiante, c'est pour ça qu'il te reste des cauchemars dans la tête », lui dis-je.

Elle s'emporta :

« Arrête de crâner parce que tu as moins mal en toi depuis que tu parles avec la maîtresse ! Toi, tu n'as pas grand-chose à révéler, tandis que moi, c'est tous les jours qu'il y avait des drames à la maison. Tiens, je vais te dire ce que je vais raconter à Alexina, ainsi tu comprendras que mon cas est plus sérieux que le tien. »

Elle vint se placer devant moi, hésitant sans doute à me confier l'un de ses secrets, et me dit enfin d'un ton très doux :

« Tu es amoureux de moi, n'est-ce pas ? »

Surpris, je baissai le front. Elle attendit ma réponse. Je marmonnai « oui » dans un souffle. Elle se sentit alors en position de force, et en fut soulagée ; elle se colla contre moi et me prit par la taille.

« Si tu répètes à quelqu'un ce que je vais te dire et que ça me revienne aux oreilles, je ne te laisserai plus jamais être amoureux de moi, d'accord ?

— D'accord ! »

Sa bouche frôla la mienne ; l'effort qu'elle faisait pour trouver où commencer fit trembler ses lèvres, qui semblaient retenir les mots ; ses joues rougirent ; une fine couche de buée lui mouillait les yeux.

« Tes parents à toi, ils s'urinent dessus avant de faire l'amour en hurlant : "Pisse-moi dessus, ordure ! Je suis ta chienne ! Vas-y minable, vas-y !" ? »

Elle avait crié si fort que j'eus l'impression d'être responsable de la chose. Les larmes lui vinrent aux yeux et elle me repoussa brutalement. Elle recula jusqu'au talus boueux qui bordait le chemin, ramassa des mottes de terre qu'elle lança de toutes ses forces contre moi en criant :

« Mon père répondait : "Oui, tu as raison, je ne suis qu'un trouillard ! Un minable ! Tu peux me pisser sur la gueule aussi, je ne vaux rien" ! »

Elle est revenue se coller contre moi et s'est mise à me frapper avec ses petits poings boueux. Les larmes coulaient sur ses lèvres. Je la laissai faire, je ne bougeai pas. Elle continua d'énumérer des détails horribles sur le comportement de ses parents, que l'alcool, l'éther, la misère avaient rendus fous, puis, essoufflée, défaite, elle alla s'asseoir sur le talus. En essuyant ses larmes avec ses mains, elle dessina sous ses yeux des cernes de boue. Je ne l'avais jamais vue aussi jolie : cette image, étrangement, reste la plus vivace dans ma mémoire. Elle poursuivit en reniflant :

« Pendant ce temps-là, je suis dans ma chambre et je dois entendre tout ça ! »

Elle voulait dire qu'à sa place, moi, je n'aurais pu supporter toute cette misère et que, finalement, mes problèmes étaient dérisoires face aux siens.

« Tu crois qu'Alexina va penser que mes parents sont malades, si je lui dis tout ça ?

— Non, elle parlera de leurs problèmes avec toi. »

Elle parut rassurée.

« C'est pour ça que je t'ai raconté à toi, pour avoir ton avis. Tu penses qu'Alexina ne répétera à personne mes problèmes et qu'on ne me retirera pas à mes parents ?

— Non », ai-je répondu, elle ne mouchardera pas.

Momo se leva du talus et s'approcha de moi.

« Pardon, je t'ai tout sali de boue. »

Elle essuya mes vêtements avec ses mains noires, mon front taché avec ses doigts qu'elle avait mouillés sur sa langue.

« Voilà, tu n'as plus de boue sur le visage. »

Elle m'embrassa sur la joue.

Elle arriva à douze heures trente précises. Nous étions à table et la cloche de la grille tinta à plusieurs reprises. Gilberte était aux fourneaux ; Alexina dit à Pierre, assis près de la porte de la cuisine, d'aller ouvrir. Il prit un morceau de pain et sortit en ronchonnant. Ariel et Jean attendaient le dessert, un gâteau de semoule. Momo feuilletait un livre, ce qui fit hausser les épaules de Gilberte :

« Elle mange toujours froid, cette petite, son estomac finira par en pâtir ! »

Momo referma son livre et reprit sa fourchette.

Pierre revint et dit en s'asseyant :

« Madame, à la grille, il y a une pute qui veut vous parler. »

Je me souviens qu'il disait ça avec un air cynique, sans regarder personne, seulement préoccupé de reprendre sa place. La curiosité qu'il avait éveillée en nous nous avait rendus silencieux ; nous nous regardâmes, étonnés.

« Comment ? » dit Alexina.

Pierre souffla avant de répondre : on le dérangeait une nouvelle fois.

« Il y a, dehors, une pute qui vous demande. »

Ne cachant pas sa surprise, notre maîtresse se leva et alla regarder par la fenêtre. Pierre, bouche pleine, la tête baissée, se moqua :

« Une pute ! Oh ! Oh ! Oh ! »

Ariel, soudain, pâlit comme si une pensée terrible venait de lui traverser l'esprit. Je vis aussitôt son trouble. Il se leva et posa sa serviette de table sur le dos de sa chaise. L'inquiétude le poussa à bousculer Alexina devant lui et, vite, il sortit de la cuisine et courut vers la grille. Nous autres, nous nous précipitâmes à la fenêtre. Dans la cour, Alexina, que l'agitation d'Ariel avait troublée, pressa le pas pour le rejoindre. Ariel arrêta sa course au milieu de la cour pour fixer la femme qui se tenait derrière la grille. Une brune aux cheveux longs et bouclés, très maquillée, habillée comme les actrices qui jouent les prostituées au cinéma. Ses seins débordaient de son corsage. Une comme ça, une vraie pute de luxe, j'en avais jamais vu en vrai. Au début, elle sourit à Ariel, d'un sourire mi-affectueux, mi-inquiet ; puis une grimace douloureuse gomma son sourire forcé : Ariel s'était mis à l'insulter et à lui jeter des poignées de gravier qu'il ramassait à ses pieds. Elle se protégea le visage sans s'éloigner de la grille. Elle recevait cailloux et insultes sans broncher, comme s'ils étaient mérités. Dès qu'Ariel avait reconnu la femme, il s'était mis à hurler :

« Non ! Non ! »

Des cris poignants qui me glaçaient le sang. Il disait en pleurant :

« Il ne fallait pas venir, il ne fallait pas, maintenant ils vont tous savoir ! »

« Ils », c'était nous, ses camarades, ses cruels amis, dont il redoutait les sarcasmes.

Fléchissant sous le poids de l'émotion, il cria :

« Va-t'en ! Va-t'en, maman ! S'il te plaît ! »

La mère d'Ariel se mit à sangloter en serrant ses mains aux barreaux de la grille. Ariel ne s'approcha pas d'elle. Il s'abaissa pour ramasser des cailloux, mais il n'eut pas le temps de les lancer à sa mère, Alexina l'empoigna. Je ne voulus pas voir la suite ; je me rassis à table. Pierre, imperturbable, n'avait pas quitté la table. Il redemanda même du fromage à Gilberte. Mais notre vieille cuisinière ne l'entendit pas, émue par le spectacle de la cour, elle restait penchée à la fenêtre. La porte de la cuisine s'ouvrit et Ariel courut monter dans sa chambre. Alexina conduisit la visiteuse dans le salon de musique. Elle nous dit bonjour en passant, ravalant ses larmes. Je ne vis pas ses yeux, j'étais dos à la porte de la cuisine ; le bruit de ses talons aiguilles sur le sol carrelé de la salle de musique nous dit que l'agitation l'empêchait de s'asseoir pendant qu'Alexina lui parlait. Gilberte nous apporta le dessert. Pierre dit à Gilberte :

« Je peux prendre la part d'Ariel ? »

Dans l'après-midi, Alexina réunit Ariel et sa

mère dans la bibliothèque. Ils discutèrent longuement. Notre maîtresse avait pris soin de nous envoyer à l'atelier : Ariel ne voulait pas nous croiser. Il avait préparé sa valise. Alexina lui dit, quand ils traversèrent la cour :

« Ce n'est pas la peine que tu prennes ta valise, puisque tu vas revenir ! »

Ariel ne répondit pas, il garda sa valise. Il était triste et refusa la main que sa maman lui tendait. Alexina les accompagna jusqu'à leur belle auto, garée derrière la grille. Pierre dit que la voiture était une Ariane, beige aux ailes rouges. Nous, Momo, Pierre, Jean et moi, debout contre la porte de l'atelier, les regardions. Ariel ne se retourna pas une seule fois vers nous. Il salua la maîtresse et s'assit sur le siège droit du véhicule. La mère dit quelques mots à Alexina avant de se mettre au volant. L'Ariane s'élança sans qu'Ariel ne se retourne vers nous, ses camarades. Il n'est pas revenu dans la maison d'Alexina ; je ne l'ai jamais revu.

Momo était au piano et jouait un air gai qui nous divertissait pendant qu'Alexina nous distribuait les copies de la composition que nous avions faite la veille. Pierre chantait à tue-tête le morceau de musique que Momo jouait au piano ; Jean et moi battions la cadence avec nos mains. Nous faisions tout pour obliger notre maîtresse à hurler afin de se faire entendre. C'était une bonne ambiance, un moment agréable que nous vivions sans retenue ; parfois, Alexina cessait de faire des commentaires sur nos copies et nous regardait, pensive, et très émue. Elle n'osait pas sourire, nous témoigner sa satisfaction, sa joie, de nous avoir vus changer en quelques mois en sa compagnie. Entre deux camarades qui s'agitaient autour du piano, je lisais tout cela sur le visage de la maîtresse : les pommettes de ses joues rougissaient et elle esquissait un sourire rapidement balayé par sa pudeur.

« Je continue... dit-elle.

— On s'en fiche ! cria Pierre.

— Je disais donc… une bonne amélioration dans l'ensemble, aussi bien dans l'orthographe que dans la grammaire, ce qui justifie vos bonnes dispositions nouvelles, qu'on retrouve aussi dans les autres matières. Ce sursaut…

— On s'en fiche ! » cria Pierre.

On approuva notre camarade en criant et en tapant des mains afin d'agacer Alexina. Elle continua :

« Ce sursaut n'est pas le fruit d'un miracle, d'un trait de génie collectif venu soudain se poser dans vos petites têtes ; mais celui d'un travail intérieur que vous avez effectué en vous-mêmes depuis que vous êtes ici. En libérant vos tourments, en délivrant vos secrets, vous avez retrouvé vos aptitudes, d'où les progrès scolaires que nous remarquons. »

Pierre s'exclama en levant les bras :

« On est moins fous. »

On se mit à se singer nous-mêmes, comme le faisaient les élèves de l'ancienne école quand ils s'en prenaient à nous dans la cour de récréation.

« Silence, s'il vous plaît, je n'ai pas fini de commenter vos copies », reprit Alexina.

Nous riions encore de nos pitreries lorsque le bruit d'un moteur de voiture détourna notre attention vers la fenêtre qui donnait sur la cour.

Un car de gendarmerie vint s'arrêter et un brigadier sortit de l'estafette, un courrier à la main. Après le rire, la stupeur s'empara de nous. La peur du gendarme fit se lever Momo du clavier et elle se mit à fixer en biais Alexina. Gilberte vint chercher Alexina. Momo courut fermer la porte de la salle de musique et nous dit :

« Je savais qu'elle balançait aux flics tout ce qu'on lui a dit sur nos parents ! Ils sont venus nous chercher pour nous emmener en maison de correction et nos parents doivent déjà être en prison ! C'est une salope, il fallait pas avoir confiance en elle !

— Je ne veux pas aller en maison de correction ! » pleurnicha Pierre, qui commençait à s'affoler.

Il s'était blotti dans un coin de la salle, mains sur la tête, nez contre le mur, et répétait :

« Je ne veux pas, je ne veux pas ! »

Alexina revint ; en ouvrant la porte, elle bouscula Momo qui se tourna vers notre maîtresse avec ces mots :

« Ils viennent nous chercher pour nous emmener en maison de redressement parce que nos parents sont incapables de s'occuper de nous ! Ton travail est fini, tu es contente ! C'est ça, hein ! »

Alexina hocha la tête et répondit :

« Que racontes-tu là, Momo ? Calme-toi, je vais vous dire pourquoi les gendarmes sont là... »

Momo la coupa :

« Je parie qu'Ariel est en maison de correction depuis qu'il nous a quittés parce que tu as balancé aux flics que sa maman est une pute et que chez lui ce n'est pas le milieu idéal pour son épanouissement, c'est pour ça qu'il n'est pas revenu ! »

Moi, quand les nerfs des uns et des autres lâchaient, je sentais que les larmes allaient venir, je m'éloignais de la dispute, de ces bouches crispées dans la colère ; j'en avais assez de la tristesse, de mes mains dont je ne savais que faire pour qu'elles me cachent toute cette réalité ; ça continuait donc. Après les cris, les larmes, le sang de la guerre d'Algérie, qui avaient meurtri mon enfance. Sur les murs de cette chambre d'un gourbi de montagne que ma mère épongeait en pleurant ; on venait d'égorger sa vieille tante parce que les soldats français avaient découvert un repaire de rebelles dans son puits. Ma mère pleurait en jetant de grands seaux d'eau sur le mur, de l'eau encore noire de poussière de l'explosion des grenades. Moi, j'attendais que maman en finisse. Le désespoir déjà, enfant, quand l'armée française fusilla mon oncle, le grand frère de maman, devant nous tous, pour l'exemple, à ceux qui voulaient jouer aux rebelles ; ces corps de fusillés qu'on jetait dans les camions militaires, les supplications des indigènes aux pieds des soldats, la nuque sous le fusil, ma mère en tête, afin qu'on leur rende les corps ; ces courses folles, pieds nus, derrière les camions, pour suivre le chemin du charnier, et les camions qui accéléraient, puis disparaissaient... Et moi, enfant, épuisé, la salive âcre de poussière, les joues mouillées de larmes, je m'asseyais et laissais courir les grands, et ma mère vers je ne sais où...

« Je ne veux pas aller en maison de correction ! »

Pierre se tapa la tête contre le mur. Alexina alla le calmer.

« Je vous l'avais dit, qu'elle nous balancerait tous ! » criait Momo.

Jean avait peur aussi, il ne quittait pas des yeux le brigadier qui tournait autour de l'estafette.

« Écoutez-moi ! » fit Alexina.

Le calme revint.

« Les gendarmes sont venus pour interroger Jean au sujet de sa famille », reprit Alexina.

Jean se crispa. Alexina alla vers lui et le prit par les épaules pour le rassurer :

« Ils vont te poser quelques questions et tu reviendras parmi nous. »

Momo dit :

« N'y va pas, Jean, ils vont te coffrer loin de ta maison ! Personne ne sort d'ici.

— Momo, tu commences sérieusement à m'énerver, dit notre maîtresse. Tu dis n'importe quoi ! »

Alexina prit le bras de Jean pour l'emmener vers l'estafette de gendarmerie. Défiguré par la peur, il dit à Alexina avant de franchir la porte :

« Tu ne vas pas nous laisser tomber ! »

Alexina, émue, lui répondit que non et ajouta :

« Je n'ai jamais laissé tomber un enfant qui

est venu ici. Je continue à suivre le parcours de tous les enfants qui sont passés dans cette école, jusqu'à ce qu'ils aillent mieux, qu'ils s'en sortent, où qu'ils se trouvent ; même ceux qui n'arrivent pas à s'en sortir et font des bêtises qui les mènent en prison par exemple : je vais leur rendre visite. »

Momo l'interrompit, narquoise :

« Elle se prend pour une bonne sœur.

— Je ne suis pas une bonne sœur, dit Alexina.

— En tout cas tu vis comme une bonne sœur, avec Abou on s'en est aperçus ; lorsque la nuit on fugue, lui et moi, on passe devant ta maison, on te voit par la fenêtre, toujours seule, sans jamais personne avec toi. »

Alexina ne put répondre à cette remarque qui la surprit. Elle resta pensive un long moment en nous regardant l'un après l'autre.

Momo lui dit encore sur un ton moqueur :

« Je ne voudrais pas vivre toute seule comme toi quand je serai grande. »

Alexina, impassible, cachant son émoi, prit Jean par l'épaule pour le conduire au brigadier. Momo nous cria :

« On va tous y passer, on va tous nous séparer de nos parents, on va tous aller en maison de correction ! »

Pierre se remit à pleurnicher. Alexina revint sur ses pas avec un air des plus agacés. Elle n'avait jamais montré un visage aussi grave :

« Eh bien oui, c'est vrai ! Vous n'allez pas, après

ce que vous y avez vécu, rentrer tranquillement chez vous, retrouver vos parents et reprendre le train-train effroyable d'avant ! Non ! »

On ne fut jamais aussi attentifs à son écoute qu'à ce moment-là ; on allait savoir ce qu'il allait nous arriver après notre départ de la maison d'Alexina. Elle ferma la porte et s'adressa à Momo, en premier :

« Toi, Mlle Chemin Monique, tu vas aller dans un internat, dès la semaine prochaine, où tu continueras ta scolarité, un psychologue suivra ton évolution, et un piano sera à ta disposition, car j'y ai pensé ; on ne va pas te renvoyer dans ton milieu, chez une mère qui se parfume à l'éther et un père dont la prison est une résidence secondaire. Grâce à toi, et au peu que tu m'as confié, nous avons, avec l'assistante compétente, convaincu ta maman — qui a reconnu ses problèmes — de se faire soigner. Elle n'en pouvait plus, ta mère, elle était au bout du rouleau et, en m'avouant qu'elle se droguait, tu l'as aidée puisque ensuite un médecin est allé lui rendre visite. Quant à ton père, un gangster, comme tu le sais, il a été mis face à ses responsabilités vis-à-vis de toi. »

Momo baissa la tête ; elle reprit la mine triste que je lui avais connue du temps de Raffin. Alexina, qui s'était approchée d'elle, ajouta :

« Tout ne peut, dorénavant, que s'améliorer ; ta mère va guérir, on peut espérer raisonnablement que ton père va cesser de jouer au cow-boy et acceptera un des emplois qui lui ont été proposés... Et tu pourras retrouver tes parents. »

Lorsque Alexina releva le menton de Momo, la fillette avait les yeux mouillés ; elles se regardèrent longuement, ensuite Momo alla s'asseoir près du piano. Ses doigts effleurèrent le clavier ; des notes légères, douces, recouvrirent le silence.

« C'est pareil pour toi, Jean, poursuivit Alexina. Tu vas continuer ta scolarité en internat, tu passeras les grandes vacances dans une colo loin de chez toi, jusqu'à ce que ta maman soit jugée apte à s'occuper convenablement de toi et de ta sœur, ce qui n'est malheureusement pas le cas actuellement. Depuis que tu as parlé, ta petite sœur est soignée, et écoutée par des gens qui l'entourent d'affection. Tu la reverras en temps voulu. »

Jean, ému, parla à l'oreille d'Alexina. Momo continuait à jouer du piano et Pierre, inquiet, alla de lui-même vers la maîtresse, afin qu'elle lui parle de son cas.

« Je ne veux pas aller en internat, dit Pierre. Je ne veux pas quitter ma mère. »

Il suppliait Alexina, il avait la tête de ces enfants faibles et fragiles qui craignent qu'une séparation avec leurs parents ne puisse les mettre en danger. Il culpabilisait.

« Tu habites un immeuble où deux familles te soupçonnent d'être responsable de la mort de leurs deux enfants ; tu le sais, Pierre ? »

Il dit oui en secouant la tête, qu'il baissa aussitôt.

« Tant que tes parents n'auront pas déménagé, tu iras en internat, où un médecin va te suivre. Tu as encore beaucoup de choses à dire. »

Pierre resta silencieux, soucieux face à un avenir qui ne l'enchantait guère. Du dehors, le brigadier de gendarmerie se pencha vers la fenêtre, montrant son impatience. Alexina s'en aperçut, elle pria Jean de la suivre. Elle allait nous quitter lorsque, embarrassé, je lui dis timidement :

« Et moi ? »

Elle se tourna vers moi. Son air était moins grave, plus détendu que lorsqu'elle s'était adressée aux autres ; elle esquissa même un sourire que je jugeai moqueur.

« Et toi, quoi ? » me dit-elle.

Décontenancé par sa désinvolture, comme si mon cas était de moindre importance, je réussis à lui demander :

« Moi, je fais quoi ? Je vais où, après ? »

Elle se mit à rire. Alexina était plus belle encore lorsqu'elle riait. Elle montrait ses jolies dents et ses fossettes se creusaient sur ses joues.

« Toi, tu es un comédien ! »

Ils se mirent tous à rire.

Alexina était allongée dans son fauteuil, la nuque sur l'un des accoudoirs et lisait un livre. Elle était vêtue d'un pyjama d'homme et ses pieds étaient chaussés de pantoufles. De temps en temps elle posait le livre, s'asseyait et massait son bras ankylosé par la position inconfortable. Elle buvait une gorgée de tisane et gardait la tasse près de ses lèvres. Elle regardait autour d'elle ; le minuscule salon était tapissé de livres, de disques, de bibelots, de cadres, de tableaux, de bouquets de fleurs séchées et des portraits des enfants qui étaient passés dans son école. La musique qu'elle écoutait et qu'on entendait du dehors était un morceau de guitare classique. C'était la nuit, le silence, et nous étions Pierre, Jean, Momo et moi, le front collé contre les vitres de la fenêtre de la maison d'Alexina et nous l'épiions de l'extérieur. Elle reprit son livre et avant qu'elle ne s'allonge à nouveau, Momo frappa au carreau de la fenêtre. Alexina se dressa d'un bond et nous vit. Elle était encore étonnée lorsqu'elle se leva et alla vers la porte. Elle l'ouvrit et nous regarda d'un air inquiet.

« Que faites-vous ici? Il est tard. »

Momo, qu'on avait désignée pour lui parler, lui répondit :

« Comme c'est la dernière nuit qu'on va passer ici avant notre départ et qu'on n'a pas d'argent pour vous faire un cadeau, on voudrait dormir près de vous pour que vous ne soyez pas seule. »

Elle nous regarda longuement l'un après l'autre; ses fossettes se creusèrent, elle nous laissa entrer dans sa maison, et détourna son regard pour cacher les larmes qu'elle avait au coin des yeux.

DU MÊME AUTEUR

Aux Éditions du Mercure de France

LE THÉ AU HAREM D'ARCHI AHMED, 1983
(Folio n° 1958)

LE HARKI DE MERIEM, 1989 (Folio n° 2310)

LA MAISON D'ALEXINA, 1999

Photocomposition CMB Graphic,
44800 Saint-Herblain
et impression Bussière Camedan Imprimeries
à Saint-Amand (Cher), le 9 août 2000.
Dépôt légal : août 2000.
Numéro d'imprimeur : 003525/1.

ISBN 2-07-041218-0./Imprimé en France.

93469